JN333880

オペラ対訳
ライブラリー

WAGNER
Der fliegende
Holländer

ワーグナー
さまよえるオランダ人

高辻知義=訳

音楽之友社

本シリーズは、従来のオペラ対訳とは異なり、原テキストを数行単位でブロック分けし、その下に日本語訳を充てる組み方を採用しています。原則として原文と訳文は行ごとに対応していますが、日本語の自然な語順から、ブロックのなかで倒置されている場合もあります。また、ブロックの分け方は、実際にオペラを聴きながら原文と訳文を同時に追うことが可能な行数を目安にしており、それによって構文上、若干問題が生じている場合もありますが、読みやすさを優先した結果ですので、ご了承ください。

目次

あらすじ ·· 5
主要登場人物および舞台設定 ·· 14
主要人物登場場面一覧 ·· 15

《さまよえるオランダ人》対訳
第1幕 Erster Aufzug ·· 17
第1番 導入部* ·· 18
  Hojohe! Hallojo! Hojohe! Hallojo!
第2番 アリア ·· 23
  Die Frist ist um
第3番 情景　二重唱と合唱 ·· 26
  He! Holla! Steuermann!

第2幕 Zweiter Aufzug ·· 41
第4番 リートとバラード ·· 42
  Summ und brumm, du gutes Rädchen,
第5番 二重唱 ·· 53
  Bleib', Senta! Bleib' nur einen Augenblick!
第6番 フィナーレ、アリア、二重唱と三重唱 ································· 61
  Ha!

第3幕 Dritter Aufzug ·· 75
第7番 情景と合唱 ··· 76
  Steuermann, laß die Wacht!
第8番 フィナーレ ··· 89
  Was mußt ich hören, Gott, was mußt ich sehen!
訳者あとがき ·· 100

＊訳注）導入部の説明については訳者あとがきも参照のこと。

あらすじ

前史

　このオペラの前史は、いわゆる大航海時代以来、海者や船員の間に流布し始めた『さまよえるオランダ人』伝説の総体から成り立っていると言える。詳しくは「訳者あとがき」を参照。

第1幕

（第1番　導入部／第1場）ノルウェー人の貿易船の船主であり、船長でもあるダーラントが今しも激しい嵐のために、とある入り江に難をのがれ船をとめたところである。永い航海を終え、交易の品々を満載して帰ってきた彼の船は故郷の港まであとわずかというところで、向きを変えねばならなかった。ダーラントはここで嵐の収まるのを待つに決心し、嵐と闘ってきた乗組員たちを休ませ、自分も船室に引き取る。当直を任されて甲板に一人残った舵取りは、疲れのために襲ってくる眠気をさまそうと、港に待つ恋人の少女を憧れる「舵取りの歌」に声をはりあげるが、ついに眠り込んでしまう。それを見澄ましていたかのように、沖に、血のように赤い帆を張り、黒いマストのオランダ人の幽霊船が現れ、みるまに岸に近づいたかと思うと、ダーラントのノルウェー船の横にとまって、恐ろしい物音とともに錨をなげる。その物音に一度は目を覚ましたノルウェー船の舵取りも、船に異状がないことを確かめただけで、例の「舵取りの歌」のはじめを口ずさむとまた寝入ってしまう。オランダ船の水夫たちは帆を下ろす。

（第2番　アリア／第2場）陸におりたオランダ人は長い独白で、呪われた自分の運命と苦しみとを物語る。永遠に世界の海をさすらう罰を受けていた自分に、あるとき一人の天使が取り付けてくれた救いの条件。七年の航海が過ぎるごとに一度陸に上がることを許され、そこで女性に求婚して、首尾よく彼女の誠をわがものにできれば、救われるという約束。しかし、その希望はこれまで何度、踏みにじられてきたことか。今度も同じような

成り行きになるはずだ！　ふたたび海に戻った自分はこの世の終わりまで海をさすらうだろう。——これまで、幾度か、船を断崖や暗礁にむけて操り、また命知らずの海賊を挑発して、死の安らぎを得ようとしたが、死ぬことは許されず、永遠の放浪の罰に苦しんで来なければならなかった。——救いの条件を与えてくれた天使は、結局自分をなぐさみものにしただけなのか。自分を救ってくれる女性の永遠の誠など地上にありはしない。——ただ一つ残っている希望は、この草木の芽吹く地上にいつか終末の日が訪れることだ。万物が破壊される響きが轟き、死者たちがすべてよみがえる最後の審判の日に、自分は無に帰し、生きてさすらう呪いから離れて、永遠の破滅の手にゆだねられ死ぬことができる。

　オランダ人の独白は、一人の女性の純粋なまごころによって救われたい切なる気持ちを、ほとんど絶望に近い逆説的な言葉で述べたものである。この度もまた希望は裏切られて、かつてと同じ失望を味わわねばならぬのか、という苦いオランダ人の心中を察したかのように、彼の独白の最後の二行を、幽霊船の船員たちも低く口ずさんで繰り返す。

　（第3番　情景　二重唱と合唱／第3場）風の様子を見に、ダーラント船長が船室から出て来て、隣に異様な船を見つけ、それも知らずに眠りこけている舵取りをゆり起こす。彼は岸にいるオランダ人に気づき、呼びかけ、身許を訊ねる。オランダ人はごくためらいがちに名を名乗り（もっとも、オランダ人という名なのか、それともただ国籍を言っているのかは、はっきりしない）、自分が数えきれないほどの年月、たえず故郷の港を探し求めながら、海上をさすらってきたと答える。オランダ人は自分の呪われた運命を直接語っているわけではないが、かと言って、身の上について隠し立てをしているわけでもない。自分が切に求めるのは故郷である。それに代わるあなたの家を、短い間でもいいから宿に貸してくれれば、それにふさわしい代償を払うとオランダ人は言う。そして彼が自分の船の水夫に運ばせてきた箱には、宝石や貴金属がぎっしり詰まっている。それを見て金銭欲の人一倍つよいダーラント船長は、相手が永年の航海で巨万の富をたくわえた航海者だと一も二もなく信じてしまい、彼が背負わされている暗い運命を予感すらしない。

　ダーラントに父親思いの娘がいると聞いたオランダ人は、即座に彼女を

自分の嫁に欲しいと切り出す。娘ゼンタのために、かねがね富裕な婿を願っていたダーラントはオランダ人の申し入れに同意する。オランダ人が一夜の宿の対価に木箱一杯の財宝を支払うと申し出たことを、その気前のよさと取ったのだが、このことがまた、娘ゼンタが前々から抱いていた願望を満たすことになろうとは、彼は気づいていなかった。——やがて嵐が収まって、南からの順風が吹き始め、ノルウェー船の船員が歓呼の声をあげる。ダーラントの船は先に錨をあげて入り江を出て行くことになる。オランダ人の船はなおしばしの休息をとったあと、その素晴らしい船足で追いかけて、同じくダーラントの故郷の港をめざす。むろん、ダーラントは相手の船がこの世のものならぬ幽霊船であることもまったく知らない。オランダ人が自分の船の甲板にもどったところで幕が下りる。

第2幕
（第4番　リートとバラード／第1場）ダーラントの故郷の港町にある彼の館。その大広間で娘たちが大勢集まって糸を紡いでいる。紡ぎ車の弾む音に、娘たちの陽気な歌声がかぶさる。彼女たちの恋人である水夫たちをのせたダーラントの船が間もなく帰ってくるので、歌声にはいつにない張りがある。糸紡ぎのぐあいを監督しているのはダーラントの娘ゼンタの乳母マリー。楽しげにざわめく一座のなかでゼンタはただ一人、先祖伝来の古い大きな椅子に腰かけて、奥の壁にかけられた不気味な肖像画に見入り、夢見ごこちになっている。その絵は伝説の『さまよえるオランダ人』を表したもので、彼は血の気の失せた顔に黒いひげを生やし、黒いスペイン風の衣装をまとった不気味な姿で立っている。スペイン風とはオランダが長い間、スペインの支配下にあったことを思い出せばいい。ゼンタは幼い頃から、乳母のマリーの物語でこの伝説を幾度となく聞かされてきた。

　マリーは糸紡ぎの仲間に加わらないゼンタをたしなめ、娘たちは彼女をからかう。周囲の口出しに腹をたてたゼンタは、自分から「もっとましな歌」を歌うと申し出て、「ゼンタのバラード」を歌うことになる。そのような恐ろしい歌を歌えば、オランダ人の亡霊を呼び寄せることになりはしまいかと恐れるマリーは糸を紡ぎ続けることを主張するが、娘たちは糸紡ぎをやめて、ゼンタのまわりに集まる。そこで始まったバラードは、きわ

めて荒削りながら、『さまよえるオランダ人』の伝説上の姿を生き生きと描き出す。

　第1節では、聴き手はまったくオランダ人と直面させられ、「矢のように奔る」彼の船の姿をまざまざと思い描くことになる。第2節で初めて、オランダ人が自分の操船術の腕を誇るあまり、思いあがった言葉を吐いて、そのとおり永遠に航海を続けなければならなくなったいきさつが語られる。各節の終わりには、憧れにみちた「救済」の動機とともに、このオランダ人にいつか救いが与えられるような願いが語られるが、第2節では、感動した娘たちが低い声でゼンタの歌に唱和するまでになる。第3節は、救いを与えてくれる女性を求めるために七年ごとに上陸を許されたオランダ人にまだ救いを捧げる女性が現れないことを嘆くが、そのような女性の出現を待望する娘たちの合唱をさえぎるように、とつぜん、興奮のきわみに達したゼンタは、自分こそその救い手になるのだと絶叫して、周りの娘たちとマリーをパニックにおとしいれる（最初は、恐らくマリーから教えられたとおりのバラードを歌っていたはずだが、呪われた人の運命に対する、積もり積もった同情がゼンタを彼女本来の使命に目覚めさせ、絶叫させたのだ）。

　女たちの悲鳴を聞きつけて、ゼンタの恋人である猟師のエーリクが扉から入ってくる。彼が、ダーラントの船が間もなく入港すると告げると、マリーは娘たちに歓迎の準備をさせるため、台所と酒蔵へ追いやる。

（第5番　二重唱／第2場）娘たちといっしょに広間を出ようとするゼンタをエーリクは引き止め、一度は将来を誓った仲なのに、ゼンタが絵の中の男に夢中になって、自分を顧みてくれない恋の苦しみを訴える。今日もまた、あのバラードを歌ったとなじられたゼンタは、しかし、心を変えてエーリクに同情しようとはしない。彼の苦しみなど、あの不幸なオランダ人の運命に比べれば物の数に入らないと、ゼンタはきっぱり撥ね付ける。悪魔に魅入られたようなゼンタを戒めるため、エーリクは自分の見た夢を歌う。彼の歌を聴きながら、ゼンタは夢遊状態におちいり、あたかも自分がその夢を見ているかのように、その物語にわって入る。エーリクが、暗い眼差しの男（つまりオランダ人）とともにゼンタが海上に逃げたと語ると、彼女はまたもや興奮状態におちいって、オランダ人を救うのは私だと叫ぶ。

絶望に襲われたエーリクは転がるように部屋から走り去る。

（第6番　フィナーレ　アリア　二重唱と三重唱／第3場）入れ代わりにダーラントがオランダ人を連れて扉のところに姿を現す。絵からオランダ人に目を移したゼンタは、驚きの叫びをあげる。ダーラントがオランダ人をゼンタに引き合わせ、この富裕な航海者を婿にするよう勧める。彼はオランダ人の持ってきた豪華な装身具を娘に見せるが、そんなものはむろんゼンタの目に入らない。運命的に引き合う力を感じた二人が、お互いの姿に見惚れているのを見たダーラントは、ごく卑俗な意味でゼンタがオランダ人に一目ぼれしたと思って、二人の邪魔をすまいと気を利かせて部屋を出る。

二人だけになると、オランダ人は、遠い昔に呪われた航海を始めて以来、たえず夢に見てきた救い手の女性の姿をいま現実に眼の前に見ていると、初めは独白のように語り始め、自分の胸を灼き尽くすような、救済への憧れを述べる。ゼンタも、同じように幼い時から夢に見ていた情熱の対象が、もはや幻ではなく、うつし身の人間の姿で自分の前に立っているのを認め、彼に救いを与えずにはいられぬ決心を告げる。オランダ人はゼンタが素早く献身の覚悟をきめたことになお多少の疑いをもつとともに、ゼンタがいったん彼に永遠の誠を誓ったあとに従わねばならぬ恐ろしい運命のおきてについて、彼女に警告する。誓った誠を破った女性に課せられる永遠の破滅を教えようとする彼の口ぶりはしかし、いかにも遠回しである。ゼンタによって救われたいという、切な気持ちが一方にありながら、他方では彼女をむごい運命にさらしたくないという気持ち（それは、もはや愛情と呼んでよい）が、彼をためらわせているのだ。だが、ゼンタの決心はいささかも揺るがない。死にいたるまでの誠を申し出るゼンタの言葉に、オランダ人の胸に初めて希望の灯がともる。

二人が互いに誠を誓いあっているところへ、ダーラントが戻ってくる。父の目の前で、ゼンタはおごそかな決意をもって、承諾のしるしにオランダ人に手を差し出す。理想の花婿をわがものにした喜びに、ダーラントは二人を、これから催される村の祭りへ加わるように促し、三人が退場するところで幕が下りる。

第3幕

（第7番　情景と合唱／第一場）その祭りの日の夜。ダーラントの館が前方わきに控えている港。ごつごつした岩が突き出ているなか、ダーラントの船とオランダ人の船とが隣り合って停泊しているが、両者のようすは対照的である。ノルウェー船では、真夏のころの白夜がまだ完全に暮れきらぬ空を背景に、水夫たちがブドウ酒の盃を手に、明かりのともった甲板で足を踏み鳴らしながら陽気に歌い騒いでいる。永く遠かった船旅を終えた解放感が彼らの歌に弾みを与えている。それにひきかえオランダ船はぶきみに静まり返り、不自然とも思える闇がこの船の近くばかりを覆っている。

かいがいしく準備した食べ物とブドウ酒を入れた籠を手に、娘たちがノルウェー船の停まっている岸へ出てくるが、もう水夫たちが彼女らぬきで楽しげに踊り浮かれているのを見て腹をたてる。あてつけに、ノルウェー船のそばを素通りして隣のオランダ船に籠を届けようとする娘たちを、水夫たちが呼び止めてからかう。いくら呼びかけてもオランダ船に人の動く気配がないのを娘たちが気味悪がっていると、水夫たちが彼女たちの呼び声に声を合わせ、調子に乗ってオランダ船をあざ笑い、挑発する。いつまでもオランダ船が静まり返っていることに戦慄を覚えるようになった娘たちが籠を渡して去ってゆくと、ノルウェー船の水夫たちは籠の食べ物や酒を取り出し、あらためて歌い始め、オランダ船にむかって「起きろ！」と挑発する。彼らは、そのときオランダ船の上にかすかな動きが始まったことに気づかず、歌い踊る。――オランダ船の周りに波風が立ち、マストに青白く鬼火のような火が燃え上がる。あっけにとられたダーラントの船の水夫たちは気を取り直し、声をそろえて相手を歌い負かそうとするが、オランダ船から聞こえる超自然の威力をもった恐ろしい歌声のために沈黙を余儀なくされ、十字を切りながら船室へ退く。それを見届けたかのように、オランダ船からひときわ高く嘲笑の声が響くと、たちまちのうちに、あたりはもとの静けさにもどる。

（第8番　フィナーレ　二重唱／第2場）ゼンタが父の館からころがるように走り出てくる。興奮したエーリクがそのあとを追い、オランダ人との婚約をなじって、恐ろしい力に引きずられてゆく彼女を引き留めようとする。気高い義務が自分を呼んでいるからと、エーリクを振りほどこうとす

るゼンタに、彼は、かつて彼女が永遠の誠を自分に誓ったのではなかったかと、昔の二人の愛を歌って聞かせる。

　それまで、そのやり取りを物かげで立ち聞きしていたオランダ人が飛び出してくる。これまでの苦い経験と同じく、ゼンタにも欺かれたと早合点した彼は、自分の救いも去ったと思い、ただゼンタを破滅させたくないと、言葉少なに告げて去って行こうとする。ゼンタはオランダ人に誓った誠にいささかの変りもないことをあらためて誓う。しかし、オランダ人はすでに出航の準備の整った幽霊船に飛び乗るまえに、自分の呪われた運命を明かし、彼に対して誓った誠を破った女たちを待ち受ける永遠の破滅から、ゼンタを免れさせてやろうと言う。ゼンタは確かに死にいたるまでの誠を誓ったが、それは神に対してなされた誓いではなかったことが彼女を救うのだと述べるオランダ人の心には、あれだけ憧れていた自らの救いを断念してもゼンタを破滅させまいとする、彼女への愛情がある。しかし、それを聞いてもゼンタの覚悟は変わらない。自分こそ、あなたをよく識り、誠の心で救う女だと告げる。オランダ人はそれを受け流し、自分こそ、世の人の恐れる『さまよえるオランダ人』だと初めて身の上を明かすと、素早く自分の船の甲板にとび乗るやいなや、はや船は出航してゆく。

　その間、エーリクの助けを求める声に集まった人々が、オランダ人のあとを追おうとするゼンタを抱き留めるが、必死の力を振り絞って身を自由にした彼女は港に突き出た岩の上に登り、去って行こうとするオランダ人に呼びかけ、誠を誓い、海に身を躍らせる。ゼンタの犠牲によって、オランダ人にかかっていた呪いは一瞬にして解け、幽霊船は船長のオランダ人もろとも轟音とともに砕け沈む。やがて明け染めた暁の光が空を赤く彩るなか、ついに救われて、死の安息を得たオランダ人が浄化された姿で、ゼンタと抱き合いながら水面からしだいに高く昇ってゆくのが見えるうち、幕が下りる。

さまよえるオランダ人
Der fliegende Holländer

romantische Oper in drei Aufzügen
3幕のロマン派オペラ*

音楽＝リヒャルト・ワーグナー　Richard Wagner（1813-1883）

台本＝リヒャルト・ワーグナー　Richard Wagner

初演＝1843年1月2日、ザクセン王立宮廷劇場

リブレット＝ピアノ総譜のテクストに基づく　Klavierauszug Edition Peters

＊訳注）この作品のジャンル名については訳者あとがきを参照のこと。

登場人物および舞台設定

ダーラント Daland ノルウェー船の船長* ……………………………………… バス
ゼンタ Senta（ダーラントの娘）……………………………………… ソプラノ
エーリク Erik（猟師）……………………………………… テノール
マリー Mary（ゼンタの乳母）……………………………………… メゾソプラノ
舵取り Der Steuermann Dalands（ダーラントの船の操舵手）…… テノール
オランダ人 Der Holländer（伝説のさまよえるオランダ人）……… バリトン

水夫たち Matrosen des Norwegers（ダーラントの船の水夫たち）…… 合唱
オランダ人の船の水夫たち Die Mannschaft des fliegenden Holländers（さまよえるオランダ人の幽霊船の水夫たち）
娘たち Mädchen（ダーラントの母港の町の娘たち）

第1幕　ノルウェー南部のとあるフィヨルド
第2幕　ダーラントの家の大広間
第3幕　ダーラントの母港の入り江

＊訳注）彼は船長であるが、同時に船の所有者で、この船を用いて海外貿易を営む企業家でもある。

さまよえるオランダ人　主要人物登場場面一覧

		第1幕			第2幕			第3幕	
		第1番	第2番	第3番	第4番	第5番	第6番	第7番	第8番
ダーラント	序曲	■					■		
ゼンタ					■	■			
エーリク						■			■
マリー					■				■
舵取り		■						■	
オランダ人		■					■		■
水夫たち		■						■	■
オランダ人の船の水夫たち			■					■	
娘たち					■				■

第1幕
Erster Aufzug

Erster Aufzug 第１幕

Ouvertüre 序曲

No.1 Introduktion/Erste Szene 第１番　導入部*/第１場

Steiles Felsenufer. Das Meer nimmt den größten Teil der Bühne ein; weite Aussicht auf dasselbe. Finsteres Wetter; heftiger Sturm. Das Schiff Dalands hat soeben dicht am Ufer Anker geworfen; die Matrosen sind in geräuschvoller Arbeit beschäftigt die Segel aufzuhissen, Taue auszuwerfen, u.s.w. Daland ist an das Land gegangen; er ersteigt einen Felsen und sieht landeinwärts, die Gegend zu erkennen.

険しい岩の切り立った岸辺。海が舞台の大部分を占めており、はるか沖まで見渡せる。雲の垂れこめた空に嵐が激しく狂っている。ダーラントの持ち船がちょうど岸近くに錨を投げたところ。水夫たちは帆を捲き上げ、とも綱を投げるなどの作業に騒がしく携わっている。ダーラントは陸に上がり、とある岩に登って陸地の奥を探り、場所を見定めようとしている。

MATROSEN　*(während der Arbeit)*
水夫たち　（作業を行いつつ）

Hojohe! Hallojo! Hojohe! Hallojo!
Hallojo! Hallojo! Hallojo!
Ho! He! He! Ja! Ho! He! He! Ja!
Hallojo! Hallojo!
Ho! Ho! Ho! Ho! Ho! Ho! Ho!
(Daland kommt vom Felsen herab.)
Ho! Johe! Halohe! Halohe! Halohohe!

ホヨヘー！　ハロヨー！　ホヨヘー！　ハロヨー！**
ハロヨー！　ハロヨー！　ハロヨー！
ホー！　ヘー！　ヘー！　ヤー！　ホー！　ヘー！　ヘー！　ヤー！
ハロヨー！　ハロヨー！
ホー！　ホー！　ホー！　ホー！　ホー！　ホー！　ホー！
ホー！　ヨヘー！　ハロヘー！　ハロヘー！　ハロヘー！
（ダーラントが岩からおりて来る）
ホー！　ヨヘー！　ハロヘー！　ハロヘー！　ハロホヘー！

＊訳注）旧来のオペラで置かれていた導入部では主人公の導入を行う設定になっていた（あとがき参照）。
＊＊訳注）これらのかけごえSchiffsrufは、船上での実際の様々な作業の進行を確かめあう信号であり、ワーグナーはロンドンに向かう小帆船テーティス号の上でこれを耳にし、このオペラの音楽に取り入れて生かした。と言うより、『さまよえるオランダ人』の音楽はこれらの叫びがあって初めて成り立ったと言えよう。

第1幕

DALAND
ダーラント

Kein Zweifel! Sieben Meilen fort
trieb uns der Sturm vom sichren Port.
So nah dem Ziel nach langer Fahrt,
war mir der Streich noch aufgespart!
So nah dem Ziel nach langer Fahrt,
war mir der Streich noch aufgespart!

間違いない！ 俺たちは嵐のせいで
安全な港から七海里も流されたのだ。
長い航海のあと、ゴールも間近というのに
こんな仕打ちがとってあったとは！
長い航海のあと、ゴールも間近というのに
こんな仕打ちがとってあったのだ！

STEUERMANN
舵取り

(vom Bord, durch die hohlen Hände rufend)
Ho! Kapitän!

（甲板から両手を丸めて呼び掛ける）
おーい！ 船長さん！

DALAND
ダーラント

Am Bord bei euch, wie steht's?

船の上の具合はどうだい？

STEUERMANN
舵取り

Gut, Kapitän! Wir haben sichren Grund!

大丈夫、船長さん！ 錨はしっかり底に止まってまさあ。

DALAND
ダーラント

Sandwike ist's; genau kenn ich die Bucht.
Verwünscht! Schon sah am Ufer ich mein Haus.

ここはサンドヴィーケだ*。この入り江はよく知っている
忌々しい！ 岸辺に我が家が見えて、はや

Senta, mein Kind, glaubt ich schon zu umarmen:
da bläst es aus dem Teufelsloch heraus!

娘のゼンタをこの腕に抱けると思ったのに、
例の悪魔の穴から風が吹いて来やがった！

Wer baut auf Wind, baut auf Satans Erbarmen,
wer baut auf Wind, baut auf Satans Erbarmen,
baut auf Satans Erbarmen!

風を頼りにするのはサタンの情けを当てにすることだ、
風を頼りにするのはサタンの情けを当てにすることだ、
サタンの情けを当てにするのと同じことだ！

＊訳注）サンドヴィーケ（ン）は1839年にワーグナーが北海で嵐に遭い、逃げ込んだ入り江の近くの地名とされる。ただし、この地名はこの地域にはいくつか存在するはずである。

(an Bord gehend)
Was hilft's! Geduld! der Sturm läßt nach,
wenn so er tobte, währt's nicht lang.

（船に戻りながら）
どうしようもない！ ここは辛抱だ、嵐は衰えている。
これほど荒れたのだからそう永くは続くまい。

(an Bord)
He! Bursche! lange wart ihr wach......
zur Ruhe denn! mir ist nicht bang.

（船に戻って）
おい、若者たち！ 長く起きていたな。
では、休むがいい！ わしは心配しておらぬ。

(Die Matrosen steigen in den Schiffsraum hinab.)
Nun, Steuermann, die Wache nimmst du wohl für mich?
Gefahr ist nicht, doch gut ist's, wenn du wachst.

（水夫たちは船倉に下りてゆく）
さて、舵取りよ、当直はわしに代って引き受けてくれるか？
別に危険はないが、お前が当直してくれれば有難い。

STEUERMANN
舵取り

Seid außer Sorg'! schlaft ruhig, Kapitän.

心配はご無用です！ 船長さん、安心してお休みください。

(Daland geht in die Kajüte. Der Steuermann allein auf dem Verdeck. Der Sturm hat sich etwas gelegt und wiederholt sich nur in abgesetzten Pausen; in hoher See türmen sich die Wellen. Der Steuermann macht noch einmal die Runde, dann setzt er sich am Ruder nieder.)

（ダーラントが自分の船室に引き取ると、舵取りがただ一人甲板に残る。嵐はやや収まっていたが、間をおいて時々ぶり返す。沖では大波が逆巻いている。舵取りはいまいちど船の上を見回ってから、舵輪に向かって腰を下ろす。）

(Er gähnt. Er rüttelt sich auf, als ihn der Schlaf ankommt.)

（彼はあくびをし、眠気が襲ってくると身震いして歌いだす）

Mit Gewitter und Sturm aus fernem Meer,
mein Mädel, bin dir nah'!
Über turmhohe Flut vom Süden her,
mein Mädel, ich bin da!
Mein Mädel, wenn nicht Südwind wär,
ich nimmer wohl käm zu dir;
ach, lieber Südwind, blas noch mehr!
mein Mädel verlangt nach mir!

はるかな海から嵐もろとも、
可愛い娘よ、ぼくは帰ってきた！
山なす波を乗り越えて、南から、
可愛い娘よ、いまここにいる！！
可愛い娘よ、南の風が吹かなけりゃ、
お前のもとへ帰れはしなかったろう！
おお、優しい南風よ、もっと吹いとくれ！
可愛い娘がぼくに恋い焦がれている！

Hohojo! Hallo ho ho! Jolo ho ho ho!
Hoho je! Hallo ho ho ho ho ho ho, ho! ho!

ホーホーヨ！ ハロホーホ！ ヨロホーホーホー！
ホーホーイェ！ ハロホホホホホホー、ホー！ ホー！

(Eine große Woge schwillt an und rüttelt heftig das Schiff.)
(Der Steuermann fährt auf; er sieht nach, ob das Schiff Schaden genommen habe. Beruhigt setzt er sich wieder am Steuer nieder.)
(Er gähnt.)

（大波が盛り上がって、船を激しく揺すぶる）
（舵取りは驚いて立ち上がり、船が損害を受けてはいまいかと、様子を見るが、何事もなかったのに安心してまた舵輪に向って腰を下ろす）
（あくびをする）

Von des Südens Gestad aus weitem Land
ich hab an dich gedacht!
Durch Gewitter und Meer vom Mohrenstrand
hab dir was mitgebracht.

南国の岸辺から、遠くの国から
おまえのことを思っていた。
ムーア人の国の岸から嵐と潮をついて
おまえのために持ち帰ったものがある。

Mein Mädel, preis den Südwind hoch,
ich bring dir ein gülden Band.
Ach, lieber Südwind, blase doch!
Mein Mädel hätt gern den Tand.
Hoho! Je! Hollaho!

可愛い娘よ、南の風を讃えるがいい。
おまえのために金の帯飾りを持ってきた。
ああ、優しい南の風よ、吹くがいい！
可愛い娘は土産を喜ぶぞ！
ホーホー！ イェッハロホ！

(Er kämpft mit der Müdigkeit und schläft endlich ein. Das Meer wird von neuem unruhiger.)
(Der Sturm beginnt von neuem heftig zu wüten, es wird finsterer.)
(In der Ferne zeigt sich das Schiff des »Fliegenden Holländers,« mit blutroten Segeln und schwarzen Masten. Es naht sich schnell der Küste nach der dem Schiffe des Norwegers entgegengesetzten Seite.)
(Mit einem furchtbaren Krach sinkt der Anker in den Grund. Der Steuermann fährt auf und sieht nach dem Steuer; überzeugt, daß nichts geschehen, setzt er sich wieder und und brummt den Anfang seines Liedes.)

（舵取りは眠気と戦うがとうとう寝入ってしまう。海があらためて騒がしくなる）
（嵐があらためて強く荒れ狂い、空が暗くなる）
（沖に赤い帆と黒いマストの「さまよえるオランダ人」の船が現れる。見る間に岸に近づくと、ダーラントのノルウェー船の反対側に接岸する）
（すさまじい音を立てて錨が投げられ、底へ沈んでゆく。ダーラントの船の舵取りは驚いて立ち上がり、舵輪の方を見るが、何事もなかったと分かって、腰を下ろし、歌の始めを口ずさむ）

STEUERMANN
舵取り

Mein Mädel, wenn nicht Südwind wär......

可愛い娘よ、南の風が吹かなけりゃ、……

(Er schläft von neuem ein.)
(Stumm und ohne das geringste Geräusch hißt die gespenstische Mannschaft des Holländers die Segel auf u.s.w.)
(Der Holländer schreitet vom Bord des Schiffes an den Uferrand vor; er trägt schwarze spanische Tracht.)

（彼はまた眠り込んでしまう）
（一言も口をきかず、物音も立てず、オランダ人の幽霊船水夫たちは帆をたたむ、等々）
（オランダ船からオランダ人が岸へ下り立つ。彼は黒いスペイン風の衣装に身を包んでいる）

No.2 Arie/Zweite Szene　第２番　アリア/第２場

HOLLÄNDER
オランダ人

Die Frist ist um,
und abermals verstrichen sind sieben Jahr';
voll Überdruß wirft mich das Meer ans Land.
(Noch nicht eigentlich leidenschaftlich, den Kopf wie in Hohn halb nach dem Meere gewendet.)
Ha, Stolzer Ozean! In kurzer Frist sollst du mich wieder tragen!

期限がすぎ、またしても
七年が経って、うんざりした海は
私を陸に投げ出した。
（まだ実感がこもってはいないが、それでも嘲るように頭をなかば海に向けて）
おい、誇り高い大海原よ、いずれ間もなく私はお前の上に再び浮かぶだろう！

(Recit.)
Dein Trotz ist beugsam, doch ewig meine Qual!
(Er senkt wieder, wie müde und traurig, das Haupt.)
Das Heil, das auf dem Land ich suche, nie werd ich es finden!
Euch, des Weltmeers Fluten, bleib ich getreu,
bis eure letzte Welle sich bricht, und euer letztes Naß versiegt.

レシタティーヴォ
お前の強情なら御して見せるが、私の苦難に終わりはない！
（彼は、疲れ悲しむかのようにうな垂れて）
陸上に私が探し求める救い、それは決して見つかるまい！
七つの海の潮よ、お前らの最後の波が砕け、
この世の最後の水が干上がるまで私はお前たちに背くまい！

Wie oft in Meeres tiefsten Schlund
stürzt ich voll Sehnsucht mich hinab, –
doch, ach! den Tod, ich fand ihn nicht!
Da, wo der Schiffe furchtbar Grab,
trieb mein Schiff ich zum Klippengrund, –
doch ach! mein Grab, es schloß sich nicht!

死に憧れた私は海底めがけて
幾度、身を躍らせたことだろう、—
ああ、しかし、その死は見出されなかった！
船の墓場となる岩礁があれば、
その海底めざして船を突進させたが、—
ああ、しかし、私の墓の蓋は閉じはしなかった！

Verhöhnend droht ich dem Piraten,
in wildem Kampfe hofft ich Tod:
Hier, rief ich, zeige deine Taten,
von Schätzen voll ist Schiff und Boot!
Doch ach! – des Meers barbar'scher Sohn
schlägt bang das Kreuz und flieht davon!

海賊を嘲り、脅して乱戦のさなかに
命を落とそうとしたこともある：
『ここで、勲(いさおし)を見せるがいい！
私の船は宝に満ち満ちているぞ！』と叫んでも、
ああ、海の荒武者も不安げに十字を切り、
こそこそと逃げ出して行くのだった！

Wie oft in Meeres tiefsten Schlund
sürzt ich voll Sehnsucht mich hinab!
Da, wo der Schiffe furchtbar Grab,
trieb mein Schiff ich zum Klippengrund: –
nirgends ein Grab! niemals der Tod! –
Dies der Verdammnis Schreckgebot,
dies der Verdammnis Schreckgebot!

幾たび死に憧れて海底めがけ
この身を躍らせたことだろう！
船の墓場となる岩礁があれば、
その底めざして船を突進させたが、―
どこにも墓はなく、いつまでも死は見出されない！
これこそが、私の蒙った呪いの恐ろしいおきてだ、
呪いの恐ろしいおきてだ！

Dich frage ich, gepriesner Engel Gottes,
der meines Heils Bedingung mir gewann,
war ich Unsel'ger Spielwerk deines Spottes,
als die Erlösung du mir zeigtest an?

私が救われる条件を神から乞い求めてくれた、
尊ぶべき天使よ、私はあなたに訊ねよう、
あなたが救いを示してくれたとき、
不幸せな私はあなたの嘲弄の玩具となったのか？

Dich frage ich, gepriesner Engel Gottes,
der meines Heils Bedingung mir gewann, –
war ich Unsel'ger Spielwerk deines Spottes,
als die Erlösung du mir zeigtest an? –
(Er richtet sich wütend auf.)

私が救われる条件を神から乞い求めてくれた、
尊ぶべき天使よ、私はあなたに訊ねよう、
あなたが救いを示してくれたとき、
不幸せな私はあなたの嘲弄の玩具となったのか？
（怒りを発して身を起こし）

Vergebne Hoffnung! Furchtbar eitler Wahn!
Um ew'ge Treu auf Erden ist's getan!

いたずらな希望だ！ 恐ろしく実のない妄想だ！
地上における永遠の誠の愛、そんなものがあるだろうか！

Nur eine Hoffnung soll mir bleiben,
nur eine unerschüttert stehn:
so lang der Erde Keim' auch treiben,
so muß sie doch zu Grunde gehn!

この上はただ一つの希望が私に残された、
そのただ一つが揺るがずにあるはずだ：
この地上に草木が芽生えるかぎり、いずれ
地上の全てにも終末が来る、という希望だ！

Tag des Gerichtes! Jüngster Tag!
Wann brichst du an in meine Nacht?
Wann dröhnt er, der Vernichtungs-Schlag,
mit dem die Welt zusammenkracht?

審判の日、世の終わりの日よ！
私の魂の闇にお前の光が射すのはいつだ？
この世が音たてて崩れ落ちる
その破滅の一撃はいつ轟くのか？

Wann alle Toten auferstehn,
wann alle Toten auferstehn,
dann werde ich in nichts vergehn,
dann werde ich in nichts vergehn,
wann alle Toten auferstehn,
dann werde ich in nichts vergehn,
in nichts vergehn!

全ての死者が蘇る、そのとき、
全ての死者が蘇る、そのとき、
私は無に帰して消えて行くだろう、
私は無に帰して消えて行くだろう、
全ての死者が蘇る、そのとき、
私は無に帰して消えて行くだろう、
無に帰して消えて行くだろう！

Ihr Welten, endet euren Lauf!
Ew'ge Vernichtung, nimm mich auf!
(Er bleibt in großer Stellung, fast wie eine Bildsäule, stehen.)
(Allmählich läßt er in der Kraft der Stellung nach; die Arme sinken ihm.)

数々の星たちよ、運行をやめよ！
永遠の破滅よ、私を受け入れてくれ！
（彼は傲然とした姿勢で彫刻のように立ち続ける）
（姿勢にこめた力がしだいに抜け、腕もたれる）

CHOR DER MANNSCHAFT DES HOLLÄNDERS
オランダ人の船の水夫たち

(im Schiffsraum)
Ew'ge Vernichtung, nimm uns auf!
(Der Holländer senkt matt das Haupt, er wankt nach der Felsenwand zur Seite hin, hier lehnt er sich mit den Rücken an, und verbleibt nun, die Arme auf der Brust verschränkt, lange in dieser Stellung.)

（船倉から）
永遠の破滅よ、私たちを受け入れてくれ！
（オランダ人はぐったりと頭を垂れ、脇の岩壁の方へよろめいて行き、そこに背をもたれ、腕を組んで、その姿勢のままでずっといる）

No.3 Szene Duett und Chor 第3番 情景 二重唱と合唱

(Daland kommt aus der Kajüte; er sieht sich nach dem Winde um und erblickt das fremde Schiff.)
(Er sieht sich nach dem Steuermann um.)

（ダーラントが船室から出てくる。彼はあたりを見回して風向きを確かめるうち、見慣れぬ船に気づく）
（彼は舵取りの方に向き直る）

DALAND
ダーラント

He! Holla! Steuermann!
おい、こら、舵取り！

STEUERMANN 舵取り	*(sich schlaftrunken halb aufrichtend)* S'ist nichts! s' ist nichts! *(Um seine Munterkeit zu bezeugen, nimmt er sein Lied auf.)* „Ach, lieber Südwind, blas noch mehr, mein Mädel –	

（寝ぼけて半分体を起こし）

　　異常なし！　異常なし！

（眠っていないことを見せようと歌い始める）

　　おい、優しい南風い、もっと吹いとくれ、
　　可愛い娘……

DALAND ダーラント	*(rüttelt den Steuermann)* Du siehst nichts? Gelt, du wachest brav, mein Bursch! Dort liegt ein Schiff...... wie lange schliefst du schon?	

（舵取りを揺り起こして）

　　見えないのか？　ええい、感心な当直ぶりだな、若いの！
　　あそこに船が止まっているぞ……どれほど眠っていたのだ？

STEUERMANN 舵取り	*(rasch auffahrend)* Zum Teufel auch! Verzeiht mir, Kapitän. *(Er setzt schnell das Sprachrohr an und ruft über Bord:)* Wer da? *(Lange Pause, man hört das Echo den Ruf zweimal wiederholen.)* *(wie vorher)* Wer da? *(Lange Pause, abermaliges Echo)*	

（慌てて体を起こし）

　　忌々しい、本当だ！　船長さん、どうか、お赦しを。
（急いでメガフォンをとって甲板ごしに呼びかける）
　　誰か？
（長い沈黙。呼びかけのこだまが二回聞こえる）
（前と同じに）
　　誰か？
（長い沈黙。また、こだまが返ってくる）

DALAND ダーラント	Es scheint, sie sind gerad so faul als wir.	

　　やつらも、こちらに劣らず
　　怠け者のようだな。

STEUERMANN 舵取り	*(wie vorher)* Gebt Antwort! Schiff und Flagge? *(Geste Dalands, welcher den Holländer oben am Lande erblickt.)*	

（前と同じに）

　　返答しろ！　船の名は？　そして船籍は？
（陸に上がっているオランダ人にダーラントは気づいたしぐさ）

DALAND ダーラント	Laß ab! mich dünkt, ich seh den Kapitän! He! Holla! Seemann! Nenne dich! Wess' Landes? *(Langes Stillschweigen)* *(Der Holländer, ohne seine Stellung zu verlassen, nur den Kopf ein wenig hebend.)*	

やめろ！　どうも、あれが船長のようだ！
おうい、船乗り、名を名乗れ！　どこの国だ？
（しばらくの沈黙）
（オランダ人はそのままの姿勢で首を少しもたげて）

| HOLLÄNDER
オランダ人 | Weit komm ich her; verwehrt bei Sturm und Wetter
ihr mir den Ankerplatz? |

はるか遠くからやってきた私だが、嵐を避けているのに、
投錨することを私に許さないのか？

| DALAND
ダーラント | Behüt' es Gott!
Gastfreundschaft kennt der Seemann!
(an das Land gehend)
Wer bist du? |

とんでもないことだ！
船乗りは客人を大切にするものだ！
（陸に上がって行きながら）
ところで、あなたは誰なのかね？

| HOLLÄNDER
オランダ人 | Holländer! |

オランダ人だ。

| DALAND
ダーラント | Gott zum Gruß! So trieb auch dich
der Sturm an diesen nackten Felsenstrand?
Mir ging's nicht besser, wenig Meilen nur
von hier ist meine Heimat, fast erreicht,
mußt ich aufs neu mich von ihr wenden. |

ご機嫌よう！　ではお前さんも嵐のために
岩のむき出しの、この浜辺に吹き寄せられたのだな？
わしの不運とて同じこと、ほんの数マイルで
私の故郷なのに、到着しかかったところで
回れ右しなければならなかった。

(Prüfender Blick auf das Schiff des Holländers)
　　　　　　　　　　　　　　　　　　　　　　－ Sag,
　　woher kommst du? Hast Schaden du genommen?
（オランダ人の船に探るような一瞥を投げて）
　　　　　　　　　　　　　　　　　　　　ところで、
　　どこから来なさった？　損害はなかったかね？

HOLLÄNDER オランダ人		Mein Schiff ist fest, es leidet keinen Schaden.
		私の船は頑丈だから、損害はない。
		Durch Sturm und bösen Wind verschlagen, irr auf den Wassern ich umher, wie lange? weiß ich kaum zu sagen, schon zähl ich nicht die Jahre mehr.
		嵐と意地悪な風に吹き流されて 私は海の上をさまよい歩いている、 どれだけ長いさすらいか、答えることもできぬ、 もはや、年を数えることも止めてしまった。
		Unmöglich dünkt mich's, daß ich nenne die Länder alle, die ich fand: das eine nur, nach dem ich brenne, ich find es nicht, mein Heimatland! Das eine nur, nach dem ich brenne, ich find es nicht, mein Heimatland!
		訪れたかぎりの国々の名を 挙げることも出来まいと思える。 ただ一つの国、私が憧れのこころを燃やし、 しかも見出せないでいる国は、自分の故郷！ ただ一つの国、私が憧れのこころを燃やし、 しかも見出せないでいる国は、自分の故郷だ！
		Vergönne mir auf kurze Frist dein Haus, und deine Freundschaft soll dich nicht gereu'n. Mit Schätzen aller Gegenden und Zonen ist reich mein Schiff beladen: willst du handeln, so sollst du sicher deines Vorteils sein.
		暫くでいいからあなたの家を宿に貸してくれまいか、 そうしたら、その親切を無にはしない。 諸所方々から集めた宝は私の船に満ち溢れている、 取引する気持ちがあるなら、 きっと、あなたの得になるようにしよう。
DALAND ダーラント		Wie wunderbar! Soll deinem Wort ich glauben? Ein Unstern, scheint's, hat dich bis jetzt verfolgt; um dir zu frommen, biet ich was ich kann: doch darf ich fragen, darf ich fragen, was dein Schiff enthält?
		何と素晴らしい話だ！ あなたの話を信じていいものか？ 不運の星に付き纏われて来たようなあなただが、 あなたの役に立つことなら、何なりとしてあげよう： だが、船の積み荷は何か訊ねて、訊ねてよいだろうか？

HOLLÄNDER オランダ人	*(gibt der Wache seines Schiffes ein Zeichen, auf welches zwei Männer von demselben eine Kiste an das Land bringen.)* Die seltensten der Schätze sollst du sehn, kostbare Perlen, edelstes Gestein.

（オランダ人が自分の船の見張りに合図すると、二人が木箱を岸へ運んでくる）
この上なく珍しい宝物の数々を見せて差し上げよう、
高価な真珠、貴重きわまる宝石だ。

Blick hin, und überzeuge dich vom Werte
des Preises, den ich für ein gastlich Dach
dir biete.

よく見て、確かめられるのがよろしかろう、
あなたが提供してくれる一夜の宿に、私が支払う
対価の値打ちを。

DALAND ダーラント	*(voll Erstaunen den Inhalt der Kiste übersehend)* Wie? Ist's möglich? Diese Schätze! Wer ist so reich, den Preis dafür zu bieten?

（木箱の中身をざっと見て驚きをあらわにして）
なんと？ これはまことか？ この宝！
これ程の対価を申し出る、そんなに裕福な人がいようか？

HOLLÄNDER オランダ人	Den Preis? Soeben hab ich ihn genannt: dies für das Obdach einer einz'gen Nacht! Doch, was du siehst, ist nur der kleinste Teil von dem, was meines Schiffes Raum verschließt.

対価ですと？ それなら今言ったとおり：
たった一夜の礼にこれを進ぜようと言うのだ！
だが、ここに見られるのは、私の船倉に仕舞ってある
宝の、ほんの一部でしかない。

Was frommt der Schatz? Ich habe weder Weib
noch Kind, und meine Heimat find ich nie!
All meinen Reichtum biet ich dir, wenn bei
den Deinen du mir neue Heimat gibst.

こんな宝とて何に役立とう？ 私には妻もなく、子もない、
そして故郷を見出すことは決してないのだ！
もしも、あなたの家族のもとに新しい故郷を
与えてくれるのなら、富のすべてを差し上げよう。

DALAND ダーラント	Was muß ich hören!

何ということを聞くのだ！

HOLLÄNDER オランダ人	Hast du eine Tochter?

あなたには娘がいるか？

DALAND ダーラント		Fürwahr, ein treues Kind.
		確かにいる、誠のある娘だ。
HOLLÄNDER オランダ人		Sie sei mein Weib!
		それを私の妻にくれ！
DALAND ダーラント	*(freudig betroffen)* Wie? Hört ich recht? Meine Tochter sein Weib? Er selbst spricht aus den Gedanken! Fast fürcht' ich, wenn unentschlossen ich bleib, er müßt im Vorsatze wanken.	
	（喜びのあまり茫然となって） 何と？　わしの耳は確かか？　わしの娘が彼の妻に？ 向こうは心に決めたことをしゃべっているのだ！ こっちが決心を付けずにいたりすると、 あっちの決心がぐらつくかも知れない。	
HOLLÄNDER オランダ人		Ach, ohne Weib, ohne Kind bin ich, nichts fesselt mich an die Erde; rastlos verfolgte das Schicksal mich, die Qual nur war mir Gefährte.
		ああ、この私は妻もなく、子もない、 この身を地上に縛り付けるものは何一つない、 宿命は休みなく私をつけ回し、 苦しみだけが唯一の道連れだ。
DALAND ダーラント		Wüßt' ich, ob ich wach oder träume? Kann ein Eidam willkommener sein? Ein Tor, wenn das Glück ich versäume! Voll Entzücken schlage ich ein, voll Entzücken!
		いったい、わしは覚めているのか、夢見ているのか？ これ以上に有難い娘婿があるものだろうか？ この幸せを無にするなら、わしは愚か者だ！ 喜んでわしは手を打とう、 喜んで！

HOLLÄNDER
オランダ人

Nie werd ich die Heimat erreichen:
zu was frommt mir der Güter Gewinn?
Läßt du zu dem Bund dich erweichen,
oh! so nimm meine Schätze dahin,
oh! so nimm meine Schätze dahin!

この身が故郷に辿りつくことはあるまい：
だから、財宝を得たとて何の役に立とう？
私と契りを結ぶことに心が動くのなら、
どうか、私の宝を受け取ってくれ、
どうか、私の宝を受け取ってくれ！

Läßt du zu dem Bund dich erweichen,
oh! so nimm meine Schätze dahin,
Läßt du zu dem Bund dich erweichen,
oh! so nimm, oh so nimm meine Schätze dahin,
oh! so nimm meine Schätze dahin!!

私と契りを結ぶことに心が動くのなら、
どうか、私の宝を受け取ってくれ、
私と契りを結ぶことに心が動くのなら、
どうか、私の宝を受け取ってくれ、受け取ってくれ、
どうか、私の宝を受け取ってくれ！

DALAND
ダーラント

Wie? Hör ich recht? Meine Tochter sein Weib?
Er selbst spricht aus den Gedanken,
er selbst spricht ihn aus.
Fast, fürcht ich, wenn unentschlossen ich bleib,
er müßt im Vorsatze wanken, im Vorsatze wanken,
fast, fürcht ich, müßt im Vorsatze wanken.

何と？　わしの耳は確かか？　わしの娘が彼の妻に？
向こうは心に決めたことをしゃべっているのだ！
決心をしゃべっているのだ。
こっちが決心を付けずにいたりすると、
あっちの決心がぐらつくかも知れない、
あっちの決心がぐらつくかも知れないのだ。

	Wüßt ich, ob ich wach oder träume! Kann ein Eidam willkommener sain? Ein Tor, wenn das Glück ich versäume! Voll Entzücken, voll Entzücken schlage ich ein, voll Entzücken schlage ich ein.
	いったい、わしは覚めているのか、夢見ているのか？ これ以上に有難い娘婿があるものだろうか？ この幸せを無にするなら、わしは愚か者だ！ 喜んで、喜んでわしは手を打とう、 喜んでわしは手を打とう！
DALAND ダーラント	Wohl, Fremdling, hab ich eine schöne Tochter, mit treuer Kindeslieb ergeben mir; sie ist mein Stolz, das höchste meiner Güter, mein Trost im Unglück, meine Freud im Glück, mein Trost im Unglück, meine Freud im Glück.
	確かに、客人よ、わしには美しい娘が一人いる、 誠の愛をもってこの父に孝行する娘だ： 娘はわしの誇り、この上ない宝だ、 不幸な時の慰め、幸せなおりの喜びだ、 不幸な時の慰め、幸せなおりの喜びだ。
HOLLÄNDER オランダ人	Dem Vater stets bewahr sie ihre Liebe! Ihm treu, wird sie auch treu dem Gatten sein.
	父への孝行をいつも忘れることがないように！ 父に誠を尽くすなら、夫にも同じく誠を尽くすだろう。
DALAND ダーラント	Du gibst Juwelen, unschätzbare Perlen, das höchste Kleinod doch, ein treues Weib –
	あなたは宝石や値打ちの知れぬ真珠をくれる、 しかし、こよない宝とは誠のある妻だ―
HOLLÄNDER オランダ人	Du gibst es mir?
	それを私にくれるのか？

DALAND
ダーラント

Ich gebe dir mein Wort.
Mich rührt dein Los; freigebig, wie du bist,
zeigst Edelmut und hohen Sinn du mir:
den Eidam wünscht ich so, und wär dein Gut
auch nicht so reich, wählt ich doch keinen andern!

約束を差し上げよう。
あなたの運命に心が動くのだ、物惜しみせぬあなたらしく、
心映えの高さ、貴さも見せてくれる。
これこそ願っていたとおりの花婿だ、たとえ財産が
これほど豊かでなかろうとも、別人を私は選ぶまい。

HOLLÄNDER
オランダ人

Hab Dank! Werd ich die Tochter heut noch sehn?

忝（かたじけな）い！娘さんに今日の内にもお目にかかれようか？

DALAND
ダーラント

Der nächste günst'ge Wind bringt uns nach Haus;
du sollst sie sehn, und wenn sie dir gefällt –

今に来る順風が私たちを我が家へ送ってくれる、
娘に会わせよう、そしてあなたの気に入った時は─

HOLLÄNDER
オランダ人

So ist sie mein!
(für sich)
　　　　　　　Wird sie mein Engel sein?

その時は私の妻になるのだ！
（独白）
　　　　　　　はたして私の救いの天使になるのか？

Wenn aus der Qualen Schreckgewalten
die Sehnsucht nach dem Heil mich treibt,
ist mir's erlaubt, mich festzuhalten
an einer Hoffnung, die mir bleibt?

苦難の暴威から逃れて救いへ至れと
憧れが私を駆り立てるのだから、
この身に唯一残された希望にここで
しがみ付くことも許されるのではなかろうか？

DALAND
ダーラント

Gepriesen seid, gepriesen seid, des Sturmes Gewalten,
die ihr an diesen Strand mich triebt!
Fürwahr, bloß hab ich festzuhalten,
was sich so schön von selbst mir gibt.

讃えられて、讃えられてあれ、
わしをこの岸辺に吹き寄せた嵐のちからよ！
わしは唯、握って離さなければいいのだ、
これほど見事に転がり込んだ機会を。

Die ihn an diese Küste brachten,
ihr Winde, sollt gesegnet sein!
Ha, wonach alle Väter trachten,
ein reicher Eidam, er ist mein!

あの男をこの岸辺に連れてきた風たちよ、
祝福されて、祝福されてあれ！
ああ、父親ならば誰しも求める、
裕福な花婿、それが我が物になったのだ！

Bloß hab ich festzuhalten,
was sich so schön von selbst mir gibt!
Ha, wonach alle Väter trachten,
ein reicher Eidam, er ist mein!
Ein reicher Eidam, er ist mein!
Fürwahr, bloß hab ich festzuhalten,
fürwahr, bloß hab ich festzuhalten,
was sich so schön von selbst mir gibt.

わしは唯、握って離さなければいいのだ、
これほど見事に転がり込んだ機会を！
ああ、父親ならば誰しも求める、
裕福な花婿、それが我が物になったのだ！
裕福な花婿、それが我が物になったのだ！
わしは唯、握って離さなければいいのだ、
わしは唯、握って離さなければいいのだ、
これほど見事に転がり込んだ機会を。

| HOLLÄNDER オランダ人 | Wenn aus der Qualen Schreckgewalten die Sehnsucht nach dem Heil mich treibt, ist mir's erlaubt, mich festzuhalten an einer Hoffnung, die mir bleibt? |

苦難の暴威から逃れて救いへ至れと
憧れが私を駆り立てるのだから、
この身に唯一残された希望にここで
しがみ付くことも許されるのではなかろうか？

DALAND
ダーラント

Gepriesen seid, des Sturmes Gewalten,
die ihr an diesen Strand mich triebt!
Die ihn an diese Küste brachten,
ihr Winde, sollt gesegnet sein!

讃えられてあれ、わしを
この岸辺に吹き寄せた嵐のちからよ！
あの男をこの岸辺に連れてきた、
なんじら風たちよ、祝福されてあれ！

Ja, dem Mann mit Gut und hohem Sinn
geb froh ich Haus und Tochter hin,
geb froh ich Haus und Tochter hin,
dem Mann mit Gut und hohem Sinn
geb froh ich Haus und Tochter hin,
geb froh ich Haus und Tochter hin!

そうだ、懐も豊かで心映えも高いあの男に
わしは家屋敷も娘も喜んで与えよう、
わしは家屋敷も娘も喜んで与えよう、
懐も豊かで心映えも高いあの男に
わしは家屋敷も娘も喜んで与えよう、
わしは家屋敷も娘も喜んで与えよう！

Darf ich in jenem Wahn noch schmachten,
daß sich ein Engel mir erweicht?
Der Qualen, die mein Haupt umnachten,
ersehntes Ziel hätt' ich erreicht?

一人の天使が私に心を動かしてくれると言う、
あの妄想になお浸っていても良かろうか？
私の頭を闇で包む苦難の果てる、
憧れの目標に私は到達しているのだろうか？

Ach! ohne Hoffnung, wie ich bin,
geb ich mich doch der Hoffnung hin!
Ach! ohne Hoffnung, wie ich bin,
geb ich mich doch der Hoffnung hin!

ああ、およそ希望を抱けないこの身だが、
今はこの希望に身を託す他はない！
ああ、およそ希望を抱けないこの身だが、
今はこの希望に身を託す他はない！

第 1 幕

Ist mir's erlaubt, mich festzuhalten
an einer Hoffnung, die mir bleibt?
Ach! ohne Hoffnung, wie ich bin,
geb ich mich doch der Hoffnung hin!
geb ich mich doch, geb ich mich doch, der Hoffnung hin!
ohne Hoffnung, wie ich bin,
geb ich mich doch der Hoffnung hin,
geb ich mich doch der Hoffnung hin!

この身に唯一残された希望にここで
しがみ付くことも許されるのではなかろうか？
ああ、およそ希望を抱けないこの身だが、
今はこの希望に身を託す他はない！
この希望に身を託す他はない、身を託す他はない！
希望を抱けないこの身だが、
この希望に身を託す他はない、
この希望に身を託す他はない！

(Das Wetter hat sich völlig aufgeklärt. Der Wind ist umgeschlagen.)

（嵐はやんで、空は全く晴れあがり、風向きが変わった）

STEUERMANN
舵取り

(am Bord)
Südwind! Südwind!

（甲板で）

南の風だ！南の風だ！

Ach lieber Südwind, blas noch mehr!

ああ、優しい南風よ、もっと吹くがいい！

MATROSEN
水夫たち

Halloho!
Hohohe! Halloho!
Halloho! Hallo hohohoho!

ハッロホー！
ホッホヘー！ ハッロホー！
ハッロホー！ ハッロホーホーホーホーホー！

DALAND
ダーラント

Du siehst, das Glück ist günstig dir:
der Wind ist gut, die See in Ruh.
Sogleich die Anker lichten wir,
und segeln schnell der Heimat zu.

ご覧のとおりだ、あなたに運が向いてきた：
順風が吹いて、海は穏やかだ。
すぐさま錨を揚げ、帆を張って
故郷へ向かって急ごう。

MATROSEN 水夫たち	*(den Anker lichtend und die Segel aufspannend)* Hohohoho! Hallohe! Hallohe! Hallohe! Hallohe! Hallohe! Hallohe! Hallohe! Hallohe! Hallohe! Halloho! Halloho! Halloho! Halloho! Hallohoho!	

（錨を揚げ、帆を張って）
ホホホホー！　ハッロヘー！　ハッロヘー！　ハッロヘー！
ハッロヘー！　ハッロヘー！　ハッロヘー！　ハッロヘー！
ハッロヘー！　ハッロヘー！　ハッロヘー！
ハッロホー！　ハッロホー！　ハッロホー！
ハッロホーホー！

STEUERMANN 舵取り	Halloho! Halloho! Halloho! Hallohoho!

ハッロホー！　ハッロホー！　ハッロホー！　ホー！

HOLLÄNDER オランダ人	Darf ich bitten, so segelst du voran; der Wind ist frisch, doch meine Mannschaft müd; Ich gönn ihr kurze Ruh, und folge dann!

どうか、私より先に走って下さい、
風は清々しいが、私の水夫たちは疲れている、
少し休みを与え、後からついて行くことにしたい！

DALAND ダーラント	Doch, unser Wind?

だが、この風は？

HOLLÄNDER オランダ人	Er bläst noch lang' aus Süd'! Mein Schiff ist schnell, es holt dich sicher ein.

この風なら南からずっと吹くだろう！
私の船足は速いから、きっと追いつくはずだ。

DALAND ダーラント	Du glaubst? Wohlan, es möge denn so sein! Leb wohl! Mög'st heute du mein Kind noch sehn!

そう思うかね？　まあ、それで良しとしよう！
お元気で！　今日の内にも娘に会いたかろう！

HOLLÄNDER オランダ人	Gewiß!

もちろんのこと！

第1幕

DALAND
ダーラント

(an Bord seines Schiffes gehend)
Hei! Wie die Segel schon sich blähn!
Hallo! Hallo! *(Ergibt ein Zeichen auf der Schiffspfeife)*
Frisch, Jungen, greifet an!

(船に戻りながら)

なんと、帆はもう風をはらんでいる！
ハッロー！ ハッロー！ (呼びこを鳴らし)
若者たち、さあ元気よくかかれ！

MATROSEN
水夫たち

(im Absegeln, jubelnd)
Mit Gewitter und Sturm aus fernem Meer –
mein Mädel, bin dir nah'!
(Sie werfen die Mützen in die Luft.)
　　　　　　Hurrah!
Über turmhohe Flut vom Süden her,
mein Mädel, ich bin da!
(wie vorhin)
　　　　　　Hurrah!

(帆を張って出てゆく中で、歓声を上げて)

はるかな海から嵐もろとも、
可愛い娘よ、帰ってきたぜ、
(帽子を放り上げて)　　　　万歳！
山なす波を乗り越えて、
可愛い娘よ、いまここにいる！
(前と同じで)　　　　万歳！

Mein Mädel, wenn nicht Südwind wär,
ich nimmer wohl käm zu dir.
Ach, lieber Südwind, blas noch mehr!
Mein Mädel verlangt nach mir!
Hohoho! Joloho! Hohohohoho!
Hohoho! Jolohohohohohohohoho

可愛い娘よ。南の風が吹かなけりゃ、
おまえのもとへ帰れはしまかったろう、
おお、優しい南風よ、もっと吹いとくれ！
可愛い娘が僕に恋い焦がれている！
ホーホーホー！ ヨロホー！ ホホホホホー！
ホーホーホー！ ヨロホホホホホホホー！

(Der Holländer besteigt sein Schiff. Der Vorhang fällt.)*

(オランダ人は船に戻り、幕が下りる)

---

*訳注) このオペラは通しで演奏する、一幕もののオペラとしても構想されていたので、各幕の間の音楽、情景を縮めて上演するヴァージョンも存在する。

第2幕
Zweiter Aufzug

Zweiter Aufzug　第2幕

Introduktion　序奏

Der Vorhang geht auf　　　　　　　　　幕が上がる

No.4 Szene Lied und Ballade　第4番　情景 リートとバラード

Erste Szene　第1場

(Ein großes Zimmer im Hause Dalands; an der Wand Bilder von Seegegenständen, Karten u. s.w. An der Hinterwand das Bildnis eines bleichen Mannes mit dunklem Barte und in schwarzer spanischer Tracht. Mary und die Mädchen sitzen um den Kamin und spinnen; – Senta, in einem Großvaterstuhle zurückgelehnt, ist in träumerisches Anschauen des Bildnisses an der Hinterwand versunken.)

（ダーラント船長の屋敷の大広間。両側の壁には海や船にまつわる絵、海図など。奥の壁には黒い髭を生やし、スペイン風の黒い衣装を着けた、青白い顔の男の肖像画。マリーや娘たちが炉辺に腰かけて糸を紡いでいる。一古くいかめしい、背もたれの高い「お祖父さんの椅子」に身をもたせ掛けて、夢見心地のゼンタは奥の壁の肖像画に見入っている。）

CHOR der MÄDCHEN
娘たち

Summ und brumm, du gutes Rädchen,
munter, munter dreh dich um!
Spinne, spinne tausend Fädchen,
gutes Rädchen, summ und brumm!

ぶんぶん回れ、陽気な紡ぎ車、
元気よくまわれ！
紡げ、紡げたくさんの糸を、
陽気な紡ぎ車、ぶんぶんまわれ！

Mein Schatz ist auf dem Meere drauß,
Er denkt nach Haus
ans fromme Kind;
mein gutes Rädchen, braus und saus!

いとしい人ははるかな海の上、
故郷を思い、
無邪気な娘を思う、
陽気な紡ぎ車、ぶんぶんまわれ！

	Ach, gäbst du Wind, er käm geschwind! Spinnt! Spinnt! Fleißig, Mädchen! Brumm'! Summ'! Gutes Rädchen!
	ああ、おまえが風を起こすなら あの人は早く帰ってくる！ 紡げ、紡げ、 娘たちよ、精出して！ ぶんぶん、ぶんぶん！ 陽気な紡ぎ車！
	Tralara lalalala! Tralara lalalala! Lalalalala! Spinnt fleißig, Mädchen! Brumm, gutes Rädchen! Spinnt! Spinnt fleißig, Mädchen, fleißig, Mädchen, spinnt!
	トラララララッラララ！ トラララララッラララ！ ラララララ！ 精出して紡げ、娘たち！ ブンブン、紡ぎ車！ 紡げ、紡げ、精出して、娘たち、精出して、娘たち、紡げ！
MARY マリー	Ei, fleißig! Fleißig, wie sie spinnen! Will jede sich den Schatz gewinnen.
	何とまあ、精が出ること！ めいめい、恋人を我が物にしようと！
Die MÄDCHEN 娘たち	Frau Mary, still! Denn wohl ihr wißt, das Lied noch nicht zu Ende ist. *(mit scherzhafter Wichtigkeit)* Ihr wißt, das Lied noch nicht zu Ende ist.
	マリー小母さん、お静かに！ お分かりでしょう、 まだ歌は終わっていませんわ！ （ふざけて勿体ぶり） まだ歌は終わっていません、お分かりでしょう！
MARY マリー	So singt! Dem Rädchen läßt's nicht Ruh'! *(zu Senta)* Du aber, Senta, schweigst dazu?
	それなら続けなさい、紡ぎ車は止めないで！ （ゼンタに） ところでゼンタ、おまえは一緒に歌わないの？

第 2 幕

MÄDCHEN
娘たち

Summ' und brumm', du gutes Rädchen,
munter, munter dreh dich um!
Spinne, spinne tausend Fädchen,
gutes Rädchen, summ und brumm!

ぶんぶん回れ、陽気な紡ぎ車、
元気よく、元気よく回れ！
紡げ、紡げ、たくさんの糸を、
陽気な紡ぎ車、ぶんぶん回れ！

Mein Schatz da draußen auf dem Meer,
im Süden er viel Gold gewinnt;
ach, gutes Rädchen, saus noch mehr!
Er gibt´s dem Kind, wenn's fleißig spinnt.
Er gibt´s dem Kind, wenn's fleißig spinnt.

いとしい人ははるかな海の上、
南の国で黄金を集める、
ああ、陽気な紡ぎ車、もっと音たてて！
精出して紡げば、あの人が黄金を持って帰る。
精出して紡げば、あの人が黄金を持って帰る。

Spinnt! Spinnt! Fleißig, Mädchen! Summ' und brumm', du gutes Rädchen,
munter, munter dreh dich um!
Spinne, spinne tausend Fädchen,
gutes Rädchen, summ und brumm!

ぶんぶん回れ、陽気な紡ぎ車、
元気よく、元気よく回れ！
紡げ、紡げ、たくさんの糸を、
陽気な紡ぎ車、ぶんぶん回れ！

Brumm'! Summ, Gutes Rädchen!

紡げ、紡げ、娘たち、精出して！
ぶんぶん回れ、陽気な紡ぎ車！

Trala rala! Lalalalalalalalalala!

トララッララ！ ラララララララララ！

MARY
マリー

(zu Senta)

Du böses Kind, wenn du nicht spinnst,
vom Schatz du kein Geschenk gewinnst.

（ゼンタに）

いけない娘だわ、紡がずにいるなんて、
愛しい人からお土産をもらえないわよ。

第 2 幕　　　　　　　　　　　　　　　　　45

MÄDCHEN / 娘たち

Sie hat's nicht not, daß sie sich eilt;
ihr Schatz nicht auf dem Meere weilt;
bringt er nicht Gold, bringt er doch Wild, –
man weiß ja, was ein Jäger gilt!
(lachend)
Ha ha ha ha ha ha ha!

ゼンタは落ち着いていられるのよ、
彼女のいい人は海の上にいるのじゃない、
黄金は駄目でも、狩の獲物を持ち帰る、—
狩人ってそれだけのもの、誰でも知ってるわ！
（笑い出して）
ハッハッハッハッハッハッハ！

SENTA / ゼンタ

(Senta singt leise einen Vers aus der folgenden Ballade vor sich hin.)

（ゼンタは後のバラードの一節を低く口ずさんでいる）

MARY / マリー

Da seht ihr! Immer vor dem Bild!
(zu Senta)
Wirst du dein ganzes junges Leben
verträumen vor dem Konterfei?

みんな、見てごらん！　相変わらず絵に見とれているわ！
（ゼンタに）
おまえは若い身空をまるまる、
夢見心地に、絵に見とれて過ごす気かい？

SENTA / ゼンタ

(ohne ihre Stellung zu verändern)
Was hast du Kunde mir gegeben,
was mir erzählet, wer er sei,
(seufzend)
der arme Mann!

（姿勢は変えないまま）
では、なぜ、このことを私に教えたの、
この人の身の上を話して聞かせたの！
（溜息をついて）
気の毒なお方！

MARY / マリー

Gott sei mit dir!

神様がおまえをお守り下さるように！

MÄDCHEN / 娘たち

Ei, ei! Ei, ei! was hören wir!
Sie seufzet um den bleichen Mann!

おやまあ、何と言ってる！
あの青白い男に溜息を漏らしているわ！

MARY マリー	*(drastisch)* Den Kopf verliert sie noch darum.	
	（露骨に） もう何ごとも手につかないのだから。	
MÄDCHEN 娘たち	*(ausgelassen, übermäßig)* Da sieht man, was ein Bild doch kann!	
	（浮かれて、大袈裟に） そら、絵空事だって馬鹿にしてはいけないのよ！	
MARY マリー	Nichts hilft es, wenn ich täglich brumm! Komm, Senta! Wend dich doch herum!	
	毎日の私の小言も役に立たないわ！ さあ、ゼンタ、こちらを向くのです！	
MÄDCHEN 娘たち	Sie hört euch nicht! Sie ist verliebt. Sie ist verliebt! Sie ist verliebt! Verliebt! Ei, ei! Ei, ei! Ei, ei! Wenn's nur nicht Händel gibt!!	
	あなたの言うことなんか聞くものですか！ あの男に夢中、夢中、夢中なんですもの！ あら、あら！　あら、あら！ 喧嘩がなくて済めばいいけど！	
	Denn Erik hat gar heißes Blut, daß er nur keinen Schaden tut! Sagt nichts! – Er schießt sonst wut entbrannt, den Nebenbuhler von der Wand!	
	エーリクはすぐかっとなる性質だから、 誰かに怪我をさせなけりゃあいいけど！ 教えちゃあ駄目よ！— さもないと、怒りにまかせて 恋敵を壁から撃ち落しかねないわ！	
	(lachend) Hahahahahahaha! Sagt nichts! Hahahahahahaha! Sagt nichts! Hahahahahahaha!	
	（笑って） はっはっはっはっはっはっはっはっ！ 教えちゃあ駄目よ！　はっはっはっはっはっはっはっはっ！ 教えちゃあ駄目よ！　はっはっはっはっはっはっはっはっ！	

SENTA ゼンタ		*(heftig auffahrend)* O schweigt mit eurem tollen Lachen! Wollt ihr mich ernstlich böse machen?

(恐ろしい勢いで立ち上がり)

馬鹿な笑い声、いい加減にしたらどう!
私を本気で怒らせようというの?

(Die Mädchen singen so stark wie möglich und drehen die Spinnräder mit großem Geräusch, gleichsam um Senta nicht Zeit zum Schmählen zu lassen).

(娘たちは、ゼンタに悪態をつかせる隙を与えまいとするかのように、思い切り声を張り上げて歌い、紡ぎ車を激しく音たてて回す)

MÄDCHEN 娘たち	Summ und brumm, du gutes Rädchen, munter, munter dreh' dich um! Spinne, spinne tausend Fädchen, Gutes Rädchen, summ und brumm!

ぶんぶん回れ、陽気な紡ぎ車、
元気よく、元気よく回れ!
紡げ、紡げ、たくさんの糸を、
陽気な紡ぎ車、ぶんぶん回れ!

SENTA ゼンタ	*(ärgerlich unterbrechend)* Oh! Macht dem dummen Lied ein Ende! Es brummt und summt nur vor dem Ohr. Wollt ihr, daß ich mich zu euch wende, so sucht 'was besseres hervor!

(腹立たしげに歌をさえぎって言う)

ああ、馬鹿な歌はやめて!
耳ががんがん鳴るばかりよ。
私にそちらを向かせたいのなら、
も少しましなことをおやりなさいよ!

MÄDCHEN 娘たち	Gut! Singe du!

いいわ、あなたが歌いなさい!

SENTA ゼンタ	Hört, was ich rate: Frau Mary singt uns die Ballade.

お聞きなさい、私の提案を:
マリー小母さんにあのバラードを歌っていただくのよ!

MARY マリー	Bewahre Gott, das fehlte mir! Den fliegenden Holländer laßt in Ruh'!

とんでもない、ご勘弁を!
「さまよえるオランダ人」はそっとしとくのよ!

SENTA ゼンタ		Wie oft doch hört' ich sie von dir!
		あなたから、あの歌を何度聞いたことかしら！
MARY マリー		Bewahre Gott, das fehlte mir!
		とんでもない、ご勘弁を！
SENTA ゼンタ		Ich sing' sie selbst! Hört, Mädchen, zu! Laßt mich's euch recht zum Herzen führen: des Ärmsten Los, es muß euch rühren!
		私が自分で歌うことにするわ、みんな聞いてちょうだい！ あなたたちの心に浸みるように歌うわ： あの憐れな人の運命には誰だって感動するはずよ！
MÄDCHEN 娘たち		Uns ist es recht!
		いいわよ、私たちは！
SENTA ゼンタ		Merkt auf die Wort'!
		ようく、言葉を聞いて！
MÄDCHEN 娘たち		*(sich zurecht setzend)* 　　Dem Spinnrad Ruh!
		（座りなおして） 　　紡ぎ車は止めましょう！
MARY マリー		*(ärgerlich)* 　　Ich spinne fort!
		（腹立たしげに） 　　私は止めないわ！

(Die Mädchen rücken, nachdem sie ihre Spinnräder bei Seite gesetzt haben, die Sitze dem Großvaterstuhle näher und gruppieren sich um Senta. Mary bleibt am Kamin sitzen und spinnt fort.)

（娘たちは紡ぎ車を片付け、椅子をゼンタの「お祖父さんの椅子」のまわりに寄せて集まる。
マリーは炉のそばを動かず、紡ぎ続ける）

Ballade ゼンタのバラード

I

SENTA
ゼンタ

(im Großvaterstuhl)
Johohoe! Johohohoe! Hohohoe! Johoe!
Traft ihr das Schiff im Meere an,
blutrot die Segel, schwarz der Mast?
Auf hohem Bord der bleiche Mann,
des Schiffes Herr, wacht ohne Rast.

(「お祖父さんの椅子」に座って)
ヨホーホエー！ ヨホホホエー！ ホホホエー！ ヨオホエー！
あの船に海上で出会ったか、
帆は血のように赤く、マストは黒い船に？
高い甲板には青白い顔の男、
この、船の主は休みなく見張っている。

Hui! – Wie saust der Wind! – Johohe! Johohe!
Hui! – Wie pfeift's im Tau! – Johohe! – Johohe!
Hui! – Wie ein Pfeil fliegt er hin,
ohne Ziel, ohne Rast, ohne Ruh! – –

フイー！ ― 風のうなる音 ― ヨホヘー！ ― ヨホヘー！
フイー！ ― 帆綱の鳴る音 ― ヨホヘー！ ― ヨホヘー！
フイー！ ― 矢のように船は奔る、
あてもなく、休みなく、安らぎもなく！―

Doch kann dem bleichen Manne Erlösung einstens noch werden,
fänd' er ein Weib, das bis in den Tod getreu ihm auf Erden.
Ach! wann wirst du, bleicher Seemann, es finden?
Betet zum Himmel, daß bald
ein Weib Treue ihm halt'!

けれど、あの青白い顔の男にいつの日か救いは与えられるかも、
この地上で死に至るまで彼に誠を尽くす女が見つかれば。
ああ、青白い顔の船乗りよ、いつ、その女を見つけるのか？
みんなよ、天に祈りなさい、やがて
一人の女が彼に誠を尽くすようにと！

(Gegen das Ende der Strophe kehrt Senta sich gegen das Bild. Die Mädchen hören teilnahmvoll zu; Mary hat aufgehört zu spinnen.)

(節の終り近くでゼンタは絵の方に向き直る。娘たちは注意深く聞き惚れている。マリーももう紡ぐことを止めている)

Ⅱ

Bei bösem Wind und Sturmes Wut
umsegeln wollt er einst ein Kap,
er flucht und schwur mit tollem Mut:
in Ewigkeit laß ich nicht ab!

たけり狂う嵐をついて
ある時、男は岬を回ろうとした、
愚かな血気にはやり、ののしり誓った：
たとえ世の終りになっても、俺はこれを止めないぞ！

Hui! – Und Satan hört's! Johohe! – Johohe!
Hui! – nahm ihn bei'm Wort! Johohe! – Johohe!
Hui! – Und verdammt zieht er nun
durch das Meer ohne Rast, ohne Ruh! –

フイー！ ― それをサタンが耳にして！ ヨホヘー！ ― ヨホヘー！
フイー！ ― その言葉じりを捉え、その通りにさせた ― ヨホヘー！ ― ヨホヘー！
フイー！ ― 呪われた男はそれから
海の上をさすらっている、休みなく、安らぎもなく！

Doch, daß der arme Mann noch Erlösung fände auf Erden,
zeigt Gottes Engel an, wie sein Heil ihm einst könne werden.
Ach! könntest du, bleicher Seemann, es finden!
Betet zum Himmel; daß bald ein Weib Treue ihm hält!

けれども、哀れな男がまだ地上で救済を見出せるために、
天使が彼に教えた、いつか救いが彼に与えられることを。
ああ、青白い顔の船乗りよ、あなたが救いを見つけられますように！
みんなよ、天に祈りなさい、やがて一人の女が彼に誠を尽くすよう！

MÄDCHEN
娘たち

(Die Mädchen sind ergriffen und singen den Schlußreim leise mit.)
Ach! könntest du, bleicher Seemann, es finden!
Betet zum Himmel!

（娘たちは感動して、最後の二行に静かに声を合わせる）
ああ、青白い顔の船乗りよ、あなたが救いを見つけられますように！
みんなよ、天に祈りなさい！

Ⅲ

SENTA
ゼンタ
(die, schon bei der zweiten Strophe vom Stuhle aufgestanden war, fährt mit immer zunehmender Aufregung fort.)

> Vor Anker alle sieben Jahr,
> ein Weib zu frein, geht er ans Land: –
> er freite alle sieben Jahr,
> noch nie ein treues Weib er fand. –

(二つ目の節の途中で椅子から立ち上がっていたゼンタは、ますます興奮をつのらせて歌い続ける)

> 七年ごとに錨をおろし、花嫁を求めて
> 男は陸に上がる：―
> 七年ごとに求婚はしたけれど
> まだ、誠を捧げ尽くす女に出会えなかった。―

> Hui! – »Die Segel auf!« Johohe! – Johohe!
> Hui! – »Den Anker los!« Johohe! – Johohe!
> Hui! – »Falsche Lieb, falsche Treu!
> Auf in See, ohne Rast, ohne Ruh!«

> フイー！―「帆を張れ！」ヨホヘー！―ヨホヘー！
> フイー！―「錨を揚げよ！」ヨホヘー！―ヨホヘー！
> フイー！―「愛は偽りだった、女の誠も嘘だった！
> 沖へ出航、休みなく、安らぎもなく！」

(Senta, zu heftig angegriffen, sinkt in den Stuhl zurück: –Die Mädchen singen nach einer Pause tief ergriffen leise weiter.)

(精力を使い果たしてゼンタは椅子へ倒れこむ。深く心を打たれた娘たちはしばし間を置いた後、小声で歌い続ける。)

MÄDCHEN
娘たち

> Ach! wo weilt sie, die dir Gottes Engel einst könne zeigen?
> Wo triffst du sie, die bis in den Tod dein bliebe treu eigen?

> ああ、いつか天使があなたに示すはずの娘はどこにいるの？
> 死ぬまで誠を尽くしてくれる娘にあなたはどこで会えるの？

SENTA
ゼンタ
(von plötzlicher Begeisterung hingerissen, springt vom Stuhle auf)

> Ich sei's, die dich durch ihre Treu' erlöse!
> Mög Gottes Engel mich dir zeigen!
> Durch mich sollst du das Heil erreichen, das Heil erreichen!

(突然、興奮に捉えられて椅子から立ち上がり)

> あなたを誠で救う、その女には私がなるのです！
> 神の天使が私をあなたに示しますように！
> 私の力であなたに救いは与えられるのです、与えられます！

MARY UND MÄDCHEN マリーと娘たち	*(erschreckt aufspringend)* Hilf, Himmel! Senta! Senta! *(Erik ist zur Türe hereingetreten und hat Sentas Ausruf vernommen.)*	

（驚きおびえて立ち上がり）
　　　助けて、神さま！　ゼンタ！　ゼンタ！
（ドアから入ってきたエーリクが、ゼンタの叫んだ誓いを聞きつける）

ERIK エーリク	Senta! Senta! Willst du mich verderben?

　　　ゼンタ！　ゼンタ！　きみはおれを破滅させる気か？

MÄDCHEN 娘たち	Helft, Erik, uns! Sie ist von Sinnen!

　　　助けて、エーリク！　ゼンタは気が変になっているわ！

MARY マリー	Ich fühl' in mir das Blut gerinnen! Abscheulich Bild, du sollst hinaus! Kommt nur der Vater erst nach Haus!

　　　体じゅうの血が凍る思いだわ！
　　　この恐ろしい絵、どっかへ行きなさい！
　　　父上がまずお帰りになりさえすれば！

ERIK エーリク	*(düster)* Der Vater kommt!

（ぼそっと）
　　　父上は帰ってみえる。

SENTA ゼンタ	*(die in ihrer letzten Stellung verblieben und von allem nichts vernommen hatte, wie erwachend und freudig auffahrend)* Der Vater kommt?

（もとの姿勢のままで、何一つ耳に入れていなかったが、夢から覚めたように嬉しげにすっくと立ち上がり）
　　　父がお帰り？

ERIK エーリク	Vom Felsen sah sein Schiff ich nahn.

　　　船が近づくのが岩の上から見えた。

MÄDCHEN 娘たち	*(voll Freude)* Sie sind daheim! –Sie sind daheim! –

（喜びを爆発させて）
　　　あの人たちが帰ってきた！— あの人たちが帰ってきた！—

MARY マリー	*(in großer Geschäftigkeit)* Nun seht, zu was eu'r Treiben frommt! Im Hause ist noch nichts getan!	

（大わらわになり）
まあ、落ち着いて、はしゃいでも何の役にたつと言うの？
何の支度もここではできていないのに。

MÄDCHEN 娘たち	Auf, eilt hinaus! Auf, eilt hinaus! Auf, eilt hinaus!	

行きましょう、急いで！ さあ、急いで！

MARY マリー	*(die Mädchen zurückhaltend)* Halt, halt! Ihr bleibet fein im Haus. Das Schiffsvolk kommt mit leerem Magen. In Küch und Keller, säumet nicht!	

（娘たちを押しとどめて）
お待ち！ お待ち！ 温和しくこの家の中にいるのです。
船乗りさんたちはお腹をすかして帰ってくるわ。
台所と酒蔵へ！ ぐずぐずしないで！

MÄDCHEN 娘たち	*(für sich)* Ach! Wie viel hab' ich ihn zu fragen! Ich halte mich vor Neugier nicht. –	

ああ、訊ねたいことが山ほどあるわ！
あれもこれも訊ねたくて我慢できないわ。―

MARY マリー	Laßt euch nur von der Neugier plagen! Vor allem geht an eure Pflicht!	

知りたい気持ちはしばらくの辛抱！
何よりも自分たちのつとめを果たしなさい！

MÄDCHEN 娘たち	*(für sich)* Schon gut! Sobald nur aufgetragen, hält hier uns länger keine Pflicht!	

（めいめいに）
よく分かってます！ でも、歓迎の支度さえ整ったら、
もう務めなんかに縛られたりはしないわ。

(Mary hat die Mädchen hinausgetrieben und folgt ihnen nach.)

（そう言う娘たちをマリーは部屋から追い出すと、自分もあとを追って出てゆく）

No.5 Duett 第5番 二重唱

Zweite Szene 第2場

(Senta will ebenfalls abgehen; Erik hält sie zurück.)

（ゼンタも出て行こうとするが。エーリクが彼女を押しとどめる）

ERIK エーリク		Bleib', Senta! Bleib' nur einen Augenblick! Aus meinen Qualen reiße mich! Doch, willst du, ach! so verdirb mich ganz!

待ってくれ、ゼンタ！　ほんのしばらく待ってくれ！
おれを苦しみから救い出してくれ！　それとも望むなら、
ああ、一思いにおれを破滅させてくれ！

SENTA ゼンタ	*(zögernd)*	Was ist! was soll?

（ためらって）
どうしたと言うの？　何だと言うの？

ERIK エーリク		O, Senta, sprich, was aus mir werden soll? Dein Vater kommt,: eh wieder er verreist, wird er vollbringen, was schon oft er wollte ……

ゼンタ、言ってくれ、おれはどうなるんだ？
お前の父上が帰ってきた、次に出発する前に、
これまで幾度も考えてきたことを実行するだろう……

SENTA ゼンタ		Und was meinst du?

あなたは何を言いたいの？

ERIK エーリク	*(mit Entschluß und Verzweiflung)*	Dir einen Gatten geben! Mein Herz, voll Treue bis zum Sterben, mein dürftig Gut, mein Jägerglück, darf so um deine Hand ich werben? Stößt mich dein Vater nicht zurück? –

（捨て鉢な気持ちからきっぱりと）
おまえに花婿を決めることだ！
おれの心は死ぬまでおまえに誠を尽くすが、
おれの財産は乏しいし、全て運任せの猟師の境遇だ、
こんなおれが結婚を申し込んでいいものか？
父上ははね付けはしないだろうか？―

> Wenn dann mein Herz im Jammer bricht, –
> sag, Senta, wer dann für mich spricht?
> Wenn dann mein Herz im Jammer bricht,
> wenn dann mein Herz im Jammer bricht,
> sag, Senta, wer dann für mich spricht?

> もしもそうなって、おれの心が痛手を受けた時は、
> ゼンタ、誰がおれのことを父上にとりなしてくれるのか？
> もしもそうなって、おれの心が痛手を受けた時は、
> もしもそうなって、おれの心が痛手を受けた時は、
> ゼンタ、誰がおれのことを父上にとりなしてくれるのか？

SENTA
ゼンタ

> *(mitleidig zu ihm aufblickend, dann ausweichend)*
> Ach! schweige, Erik, jetzt! Laß mich hinaus,
> den Vater zu begrüßen!
> Wenn nicht wie sonst an Bord die Tochter kommt,
> wird er nicht zürnen müssen, wird er nicht zürnen müssen?

（気の毒そうに彼を見上げてから、はぐらかすように）
> ああ、今はお止めになって、エーリク！
> 父を出迎えるために行かせて！
> 娘がいつものように船まで行かないと、
> 父は怒らないかしら、父は怒らないかしら？

ERIK
エーリク

> Du willst mich fliehn?

> おれから逃げようとするのか？

SENTA
ゼンタ

> Ich muß zum Port!

> 港へ行かなければ！

ERIK
エーリク

> Du weichst mir aus?

> 避けようとするのか？

SENTA
ゼンタ

> Ach, laß mich fort!

> ああ、往かせて！

ERIK
エーリク

> Du weichst mir aus?

> 避けようとするのか？

SENTA
ゼンタ

> Ach, laß mich fort!

> ああ、往かせて！

ERIK
エーリク

> Du willst mich fliehn?

> おれから逃げようとするのか？

SENTA ゼンタ		Ich muß zum Port! 港へ行かねば！
ERIK エーリク		Du weichst mir aus? 避けようとするのか？
SENTA ゼンタ		Ach, laß mich fort! ああ、往かせて！
ERIK エーリク		Du willst mich fliehn? おれから逃げようとするのか？

Fliehst du zurück vor dieser Wunde,
die du mir schlugst im Liebeswahn?
Ach, höre mich zu dieser Stunde,
hör meine letzte Frage an! –

おまえは、この傷から逃げ出そうとするのか、
愛の迷いのためにおれに与えた傷から？
ああ、今こそ聞いてくれ、
おれの最後の問いを聞いてくれ！

Wenn dieses Herz im Jammer bricht,
wird's Senta sein, die für mich spricht?
Wenn dieses Herz im Jammer bricht,
wenn dieses Herz im Jammer bricht,

おれの心が痛手を受けた時には、
ゼンタがおれのことをとりなしてくれるのか？
おれの心が痛手を受けた時には、
おれの心が痛手を受けた時には、

wird's Senta sein,
(in Verzweiflung) die für mich spricht?

ゼンタがおれのことを
（捨て鉢になって）とりなしてくれるのか？

SENTA ゼンタ	Wie? zweifelst du an meinem Herzen? Du zweifelst, ob ich gut dir bin? Oh sag, was weckt dir solche Schmerzen, was trübt mit Argwohn deinen Sinn? どうして？　私の心を疑うの？ 私の愛を疑うの？ さあ言って、何がそれほどの苦しみをあなたに与えたのか あなたの心を猜疑心で曇らせているのは何なの？

ERIK エーリク	Dein Vater...... ach! nach Schätzen geizt er nur! Und Senta, du...... wie dürft auf dich ich zählen? Erfülltest du nur eine meiner Bitten? Kränkst du mein Herz nicht jeden Tag?
	おまえの父上は、ああ、財宝ばかりをむさぼる！ そしてゼンタ……　どうしておまえが当てになろう？ おれの頼みを一つだって叶えてくれたか？ 日々、おれの心を苦しめてはいないか？
SENTA ゼンタ	Dein Herz?
	あなたの心を？
ERIK エーリク	Was soll ich denken? Jenes Bild ......
	どう思ったらいいのだ、あの絵を……
SENTA ゼンタ	Das Bild?
	あの絵を？
ERIK エーリク	Läßt du von deiner Schwärmerei wohl ab?
	あれに熱っぽく浮かれるのを止められないか？
SENTA ゼンタ	Kann meinem Blick Teilnahme ich verwehren?
	この目が自ずと同情するのを止められるかしら？
ERIK エーリク	Und die Ballade...... heut noch sangst du sie!
	それに、あのバラードだ……　今日も歌っていたぞ！
SENTA ゼンタ	Ich bin ein Kind, und weiß nicht, was ich singe! O sag, wie? fürchtest du ein Lied, ein Bild?
	私は子供だから、何を歌っているか、意味も碌に知らない！ どうしてなの？　あんな歌が、絵がこわいの？
ERIK エーリク	Du bist so bleich, sag, sollte ich's nicht fürchten?
	そんなに青白い顔して、これでも恐れるなと言うのか？
SENTA ゼンタ	Soll mich des Ärmsten Schreckenslos nicht rühren?
	この上なく哀れな人の運命に心を動かすなと言うの？
ERIK エーリク	Mein Leiden, Senta, rührt es dich nicht mehr?
	おれの苦しみはどうだ、ゼンタ、もう心は動かないのか？

SENTA ゼンタ		Oh, prahle nicht! Was kann dein Leiden sein? Kennst jenes Unglücksel'gen Schicksal du?

大袈裟に言わないで！　あなたの苦しみが何でしょう？
あの不幸な人の運命を知っているの？

(Sie führt Erik zum Bild und deutet darauf.)
Fühlst du den Schmerz, den tiefen Gram,
mit dem herab auf mich er sieht?
Ach, was die Ruhe für ewig ihm nahm,
wie schneidend Weh' durch's Herz mir zieht,
wie schneidend Weh' durch's Herz mir zieht!

（エーリクを絵の前に連れて行き、指さして）
私を見下ろしている、あの眼差しにこもる、
あの人の苦しみ、深い苦悩を感じないの？
ああ、彼から永遠に安らぎを奪ったもの、
それが私の心に切るような痛みを与えるのです、
私の心に切るような痛みを与えるのです！

ERIK エーリク		Weh' mir! Es mahnt mich mein unsel'ger Traum. Gott schütze dich! Satan hat dich umgarnt!

何と言うことだ！　不吉な夢が告げるとおりだ。
神がお前を守られるように！　サタンの骨がらみになっているぞ！

SENTA ゼンタ		Was erschreckt dich so?

なぜ、そんなに怯えるの？

ERIK エーリク		Senta, laß dir vertraun! Ein Traum ist's, hör ihn zur Warnunf an!

ゼンタ、打ち明けてもいいだろうか？
おれが見た夢だ、警めのためだ、聞いてくれ！

(Senta setzt sich erschöpft in den Lehnstuhl nieder; bei dem Beginn von Eriks Erzählung versinkt sie wie in magnetischen Schlaf, sodaß es scheint, als träume sie den von ihm erzählten Traum ebenfalls. –Erik steht an den Stuhl gelehnt zur Seite.)

（ゼンタは疲れ果てて肘掛椅子に座る。エーリクが物語り始めると彼女は催眠術にかかったように深い眠りに落ち、彼の物語る夢を自分でも夢見ているかのよう。―エーリクはゼンタの椅子の脇にもたれて立つ）

第2幕

ERIK / エーリク *(mit gedämpfter Stimme)*
　　Auf hohem Felsen lag ich träumend,
　　sah unter mir des Meeres Flut,
　　die Brandung hört ich, wie sich schäumend
　　am Ufer brach der Wogen Wut!

(声を低めて)
　　高くそびえる岩壁の頂きに、おれは横になり、
　　夢見心地に、はるか下の海の潮をのぞみ見ていた、
　　岸に寄せる大波が怒り泡立って砕ける、
　　その潮騒の音も聞こえてきた！

　　Ein fremdes Schiff am nahen Strande
　　erblickt ich, seltsam, wunderbar;
　　zwei Männer nahten sich dem Lande,
　　der ein', ich sah's, dein Vater war!

　　見知らぬ船が一隻、近い岸に見えた、
　　そのさまは、奇妙でふしぎ、とも言えた：
　　二人の男が陸に上がり、その一人が
　　おまえの父だと、分かった！

SENTA / ゼンタ *(mit geschlossenen Augen)*
　　Der and're?

(目を閉じたまま)
　　いま一人の男は？

ERIK / エーリク
　　Wohl erkannt ich ihn......
　　mit schwarzem Wams, die bleiche Mien'......

　　確かにおれには分かった……
　　黒いベストをはおり、青白い顔立ちで……

SENTA / ゼンタ *(wie zuvor)*
　　der düstre Blick ......

(前と同じに)
　　眼差しは暗くて……

ERIK / エーリク *(auf das Bild deutend)*
　　der Seemann, er!

(絵を指しながら)
　　この船乗り、彼だった！

SENTA / ゼンタ
　　Und ich?

　　そして私は？

ERIK エーリク		Du kamst vom Hause her, du flogst den Vater zu begrüßen. Doch kaum noch sah ich an dich langen, du stürztest zu des Fremden Füßen, ich sah dich seine Knie umfangen ……

おまえは家から出てきた、そして
父親に挨拶しようと飛ぶように駆けた。
だが、おまえは辿りつくかつかぬかで、
あの見知らぬ男の足もとに身を投げ、
彼の膝を抱くのが、見えた……

SENTA
ゼンタ
(mit steigender Spannung)
Er hub mich auf ……

（緊張をつのらせて）
彼は私を立たせたわ

ERIK
エーリク
An seine Brust,
voll Inbrunst hingst du dich an ihn,
du küßtest ihn mit heißer Lust……

彼の胸元へだ、
情熱的におまえは彼にすがり、
熱い接吻を与えた……

SENTA
ゼンタ
Und dann?

そしてそのあとは？

ERIK
エーリク
(Senta mit unheimlicher Verwunderung anblickend)
Sah ich aufs Meer euch fliehn.

（ゼンタを気味悪くいぶかしげに見つめて）
おまえたちが海上へ逃げてゆくのが、おれには見えた。

SENTA
ゼンタ
(schnell erwachend, in höchster Begeisterung)
Er sucht mich auf! Ich muß ihn sehn!
Mit ihm muß ich zu Grunde gehn!

（たちまち夢から覚めて、激しい喜びを見せて）
彼が私を探し求めている！ 彼に会わねばいけない！
彼と一緒に破滅しなければならない！

ERIK
エーリク
Entsetzlich! Mir wird es klar!
Sie ist dahin! mein Traum sprach wahr!
(Erik stürzt voll Verzweiflung und Entsetzen ab.)

恐ろしいことだ！ はっきり分かったぞ！
この女は行ってしまう！ おれの夢は正夢だった！
（絶望に襲われ、驚愕に駆られて走り去る）

SENTA ゼンタ	*(nach dem Ausbruch ihrer Begeisterung in stummes Sinnen versunken, verbleit in ihrer Stellung, den Blick auf das Bild geheftet; leise, aber tief ergriffen, den Schluß der Ballade).* Ach, möchtest du, bleicher Seemann, sie finden! Betet zum Himmel, daß bald ein Weib Treue ihm...... *(Die Türe geht auf. Der Holländer und Daland zeigen sich.)*
	（感激があふれ出たあと、口もきかず、物思いに沈み、姿勢を崩さず、目をひたと絵に当てている。しばし後に、小声ながら深い感動をこめてバラードの結びを口ずさむ） ああ、青白い顔の船乗りよ、どうか彼女を見つけられますように！ みんなよ、天に祈りなさい、やがて 一人の女が彼に誠を…… （ドアが開いて、オランダ人とダーラントが姿を現す）

No.6 Finale Arie, 第6番　フィナーレ、アリア、
Duett und Terzett　二重唱と三重唱

Dritte Szene　第3場

(Senta's Blick streift von dem Bilde auf den Holländer; sie stößt einen gewaltigen Schrei der Überraschung aus, und bleibt wie festgebannt stehen, ohne ihr Auge vom Holländer abzuwenden. Daland bleibt unter der Tür stehen und und scheint zu erwarten, daß ihm Senta entgegenkomme.)

（ゼンタの視線が絵から彼に転じる。彼女は驚愕の激しい叫びをあげるが、呪縛されたようにその場に立ち尽くし、目はオランダ人から離さない。戸口に立ち止っていたダーラントはゼンタが駆け寄るのを待つようす）

SENTA ゼンタ	Ha! アッ！

(Der Holländer bleibt während der langen Dauer der Fermate regungslos unter der Türe stehen.)
(Er schreitet langsam, die Augen auf Senta geheftet, nach dem Vordergrund.......und hält (mit dem Akzent der Bässe an.)
(Gebärde Dalands, der an der Türe noch verwunderungsvoll auf Sentas Begrüßung harrt, und diese mit einer Bewegung der geöffneten Arme, gleichsam ungeduldig, dazu auffordert.)
(Der Holländer schreitet vollends bis in den äußersten Vordergrund zur Seite vor, wo er nun während des Folgenden regungslos stehen bleibt, sein Auge unverwandt auf Senta geheftet.)
(Gesteigerte Wiederholung von Dalands Gebärde.)
(Daland läßt von der Aufforderung ab und schüttelt verwundert den Kopf.)
(Er geht nun selbst auf Senta zu.)

(オランダ人は〈ゼンタの叫びの後の〉長いフェルマータの間、じっと戸口に立ったまま)

(彼は、視線をゼンタに当てたまま、ゆっくりと前景に出てきて……〈コントラバスのアクセント音で〉立ち止まる)

(戸口に立ち止まったダーラントの身振りは、ゼンタが挨拶するのを待ち受ける心を現わして、訝しさを見せていたが、いまや、両手を広げて、もどかしげに催促する風)

(オランダ人は前景の先端まで歩いて出て脇に立ち、以下では身動きせずに立ち尽くすが、視線はじっとゼンタに当てたまま)

(ダーラントは先ほどの身振りをさらに大袈裟に繰り返す)

(ダーラントは催促をやめて、訝しげに首を振る)

(ダーラントは自身でゼンタの方に歩いてゆく)

DALAND
ダーラント

(sich allmählich Senta nähernd)
　　Mein Kind, du siehst mich auf der Schwelle ......
　　Wie? kein Umarmen, keinen Kuß?
　　Du bleibst gebannt an deiner Stelle?
　　Verdien ich, Senta, solchen Gruß?

(おもむろにゼンタに近づいて)
　　娘よ、敷居の上にいる、このわしが見えるだろう……
　　どうした？　抱いてはくれぬか？　接吻はしないのか？
　　まるで呪文にかかったように立ち尽くしているな？
　　ゼンタよ、父へのそんな挨拶のしかたがあっていいのか？

SENTA
ゼンタ

(als Daland bei ihr anlangt, ergreift sie seine Hand.)
　　Gott dir zum Gruß!
(Ihn näher an sich ziehend)
　　Mein Vater, sprich,
　　wer ist der Fremde?

(ダーラントが近くに来ると、その手を握り)
　　ようこそお帰りなさいました！
(父を引き寄せながら)
　　お父様、ねえ、
　　このお客様はどなたですか？

DALAND
ダーラント

(lächelnd)
　　Drängst du mich?

(微笑を浮かべて)
　　わしを急かす気か？

Arie　アリア

Mögst du, mein Kind, den fremden Mann willkommen heißen!
Seemann ist er, gleich mir, das Gastrecht spricht er an.
Lang ohne Heimat, stets auf fernen, weiten Reisen,
in fremden Landen er der Schätze viel gewann.

わが娘よ、この異国の方を快く迎えてくれる気持ちか？
わしと同じ船乗りで仲間として、客として歓待を求めていられるのだ。
故国を失って久しく、つねにはるかな遠い国を旅して
異国の数々の宝を集めて来られた。

Aus seinem Vaterland verwiesen,
für einen Herd er reichlich lohnt!
Sprich, Senta, wird es dich verdrießen,
wenn dieser Fremde bei uns wohnt.
wenn dieser Fremde bei uns wohnt?

祖国を追われたこの人は、
家でのくつろぎに高い対価を払おうとおっしゃる！
ゼンタよ、おまえは不愉快になりはすまいな、
この人が我が家を宿としても、
この人が我が家を宿としても？

(zum Holländer)
Sagt, hab ich sie zu viel gepriesen?
Ihr seht sie selbst, ...ist sie Euch recht?
Soll noch von Lob ich überfließen?
Gesteht, sie zieret ihr Geschlecht!
Gesteht; gesteht, sie zieret, sie zieret ihr Geschlecht!

（オランダ人に向き直り）
わしは娘のことを褒め過ぎましたか？
ごらんのとおりです……お気に入りましたか？
もっと自慢をしましょうか？
どうです、女として誰にも負けぬ美しさでしょう！
どうです、女として誰にも負けぬ美しさ、美しさでしょう！

(Der Holländer macht eine bejahende Bewegung.)
(Daland wendet sich wieder zu Senta.)

（オランダ人はうなずく）
（ダーラントはまたゼンタの方に向く）

Mögst du, mein Kind, dem Manne freundlich dich erweisen,
von deinem Herzen auch spricht holde Gab er an;
reich ihm die Hand, denn Bräutigam sollst du ihn heißen!
Stimmst du dem Vater bei, ist morgen er dein Mann,
(Senta macht eine zuckende schmerzliche Bewegung.)
ist morgen er dein Mann.

娘よ、この方に愛想よくしてさしあげる気なら、

おまえの優しい心を贈り物に求めてもいられるのだ。

その手を差し伸べなさい、この方はお前の花婿となるべき人だ！

おまえが承知してくれたら、明日にもこの方はおまえの夫だ、

(ゼンタは痛みに襲われたように身をふるわせる)

明日にもこの方はおまえの夫だ。

(Daland zieht einen Schmuck hervor und zeigt ihn Senta.)
Sieh dieses Band, sieh diese Spangen!
Was er besitzt, macht dies gering.
Muß, teures Kind, dich's nicht verlangen?
Dein ist es, wechselst du den Ring!

(ダーラントは飾りの品を取り出してゼンタに見せる)

この帯飾りを見るがいい、そして留金を！

これも彼の全財産に比べればとるに足らない、

ゼンタよ、そのような財宝が欲しくはないか？

指環を取り交わせば、それはおまえのものだ！

(Senta, ohne ihn zu beachten, wendet ihren Blick nicht vom Holländer ab, sowie auch dieser, ohne auf Daland zuhören, nur in den Anblick des Mädchens versunken ist.)
Doch...... Keines spricht? Sollt' ich hier lästig sein?
So ist's! am besten laß ich sie allein.

(ゼンタは父には注意を払わず、視線をオランダ人からそらさない。彼もダーラントの言葉には耳も貸さず、ゼンタの姿に心を集中している)

おやおや、二人とも口をきかないのか？　わしは邪魔か？

そのとおりだ！　これは二人だけにしておくのが一番だ。

(Er betrachtet den Holländer und Senta aufmerksam, und wendet sich dann zu dieser.)
Mögst du den edlen Mann gewinnen!
Glaub mir, solch Glück wird nimmer neu, wird nimmer neu!

(ダーラントはオランダ人とゼンタを注意深く見た後、娘の方に向く)

心映えの高い、この男をわがものにしたいのだな！

これほどの幸せは二度と来ないぞ、二度と！

(zum Holländer)
Bleibt hier allein! Ich geh von hinnen……
Glaubt mir, wie schön, so ist sie treu, so ist sie treu,
glaubt mir, wie schön, so ist sie treu, so ist sie treu!

(オランダ人に)
二人だけでここに残りなさい！ わしは出て行こう……
娘はご覧のとおり美しいが、尽くす誠もそれに劣らない、
ご覧のとおり美しいが、尽くす誠もそれに劣らないのです！

(Daland beobachtet eine Zeitlang Senta und den Holländer in der neugierigen Erwartung, ob sie sich einander nähern werden; endlich geht er in verdrießlicher Verwunderung ab.)
(Der Holländer und Senta sind allein, sie bleiben bewegungslos, in ihren gegenseitigen Anblick versunken, auf ihrer Stelle.)

(ダーラントは、果たして二人が互いに近寄ろうとするか、好奇心にかられてしばらくの間、注目するが、ついに腹立たしく訝しげに思いながら出て行く)
(オランダ人とゼンタの二人が残り、お互いの姿に見入って身じろぎもせず立ち尽くしている)

Duetto　二重唱

HOLLÄNDER
オランダ人

Wie aus der Ferne längst vergang'ner Zeiten
spricht dieses Mädchens Bild zu mir;
wie ich's geträumt seit bangen Ewigkeiten,
vor meinen Augen seh ich's hier.

はるか遠い昔の世からこの少女の姿は
私に呼びかけているようだ；
永遠と思われた不安な歳月の間、夢見たとおりの
その姿がいまここに私の眼のまえに見えている。

Wohl hub auch ich voll Sehnsucht meine Blicke
aus tiefer Nacht empor zu einem Weib;
ein schlagend Herz ließ, ach! mir Satans Tücke,
daß eingedenk ich meiner Qualen bleib!

かつて心の深い闇の中から憧れの心で
一人の女の姿を見上げたこともあったが、
サタンの嘲りは、ああ、私に熱く脈打つ心を残し、
おのれの苦しみが念頭から離れなくなった！

> Die düstre Glut, die hier ich fühle brennen,
> sollt ich Unseliger, sie Liebe nennen?
> Ach nein! Die Sehnsucht ist es nach dem Heil,
> würd es durch solchen Engel mir zu Teil,
> würd es durch solchen Engel mir zu Teil!

いまわが胸に暗い火照りが燃えるのが感じられる、
私という不幸せな男がこれを愛と名付けていいだろうか？
いや、違う！ それは救いを焦がれ求める憧れだ、
その救いがこの娘のような天使から与えられるとよいが、
その救いがこの娘のような天使から与えられるとよいが！

SENTA
ゼンタ

> Versank ich jetzt in wunderbares Träumen?
> Was ich erblicke, ist's Wahn?
> Weilt' ich bisher in trügerischen Räumen?
> Brach des Erwachens Tag heut an? –

私は今まで素晴らしい夢にひたっていたのかしら？
この目に見えているのはただの錯覚かしら？
これまで私がいたのは偽りの世界で、
今日こそ目覚めの朝が始まったのかしら？―

> Er steht vor mir mit leidenvollen Zügen,
> es spricht sein unerhörter Gram zu mir,
> kann tiefen Mitleids Stimme mich belügen?
> Wie ich ihn oft geseh'n, so steht er hier.

あの人は面(おもて)に悲しみを湛えて私の前に立っている、
味わった未曾有の苦しみが私に語られているようで、
深い同情が呼びかける声に私は惑わされているのかしら？
これまで幾度も見てきた、その通りの姿であの人は立っている。

> Die Schmerzen, die in meinem Busen brennen,
> ach! dies Verlangen, wie soll ich es nennen? –
> Wonach mit Sehnsucht es dich treibt – das Heil,
> würd es, du Ärmster, dir durch mich zu Teil,
> würd es, du Ärmster, dir durch mich zu Teil!

この胸うちに燃える、痛いような願い、
ああ、それを何と呼んだら好いのかしら？―
あなたが憧れ求めている、―その救いを
憐れなあなたに、この私が与えてさしあげます、
憐れなあなたに、この私が与えてさしあげます！

第 2 幕

HOLLÄNDER
オランダ人

Wie aus der Ferne längst vergang'ner Zeiten
spricht dieses Mädchens Bild zu mir;
wie ich's geträumt seit bangen Ewigkeiten,
vor meinen Augen seh ich's hier.

はるか遠い昔の世からこの少女の姿は
私に呼びかけているようだ；
永遠と思われた不安な歳月の間、夢見たとおりの
その姿がいまここに私の眼のまえに見えている。

Die düstre Glut, die hier ich fühle brennen,
sollt ich Unsel'ger, Liebe sie nennen?
Ach nein! Die Sehnsucht ist es nach dem Heil!
Würd es durch solchen Engel mir zu Teil,
durch solchen Engel mir zu Teil,
durch solchen Engel mir zu Teil!

いまわが胸に暗い火照りが燃えるのが感じられる、
私という不幸せな男がこれを愛と名付けていいだろうか？
いや、違う！ それは救いを焦がれ求める憧れだ、
その救いがこの娘のような天使から与えられるとよいが、
この娘のような天使から与えられるとよいが、
この娘のような天使から与えられるとよいが！

Die Sehnsucht ist es nach dem Heil,
die Sehnsucht nach dem Heil,

それは救いを焦がれ求める憧れだ、
救いを焦がれ求める憧れだ、

würd es durch solchen Engel,
würd es durch solchen Engel mir zu Teil,
würd es durch solchen Engel mir zu Teil!

それがこの天使から、
それがこの天使から私に与えられるとよいが、
それがこの天使から私に与えられるとよいが！

(Beide bleiben regungslos entrückt stehen, ihre Blicke tief ineinander versenkt.)

（二人は忘我の気持ちで身じろぎもせず立ち尽くし、視線は深く相手のうちに沈潜している）

(Hier rührt sich erst der Holländer, um Senta etwas näher zu treten; mit einer gewissen Befangenheit und traurigen Höflichkeit geht er einige Schritte nach der Mitte.)

（ここでまずオランダ人が身動きし、ゼンタにすこし近づこうとする；いくらかはにかむ様子ともの悲しい丁重な物腰で幾歩か中央へと進む）

HOLLÄNDER オランダ人	*(sich Senta etwas nähernd)* Wirst du des Vaters Wahl nicht schelten? Was er versprach, wie, dürft es gelten?

(ゼンタにすこし近づいて)
あなたは父上の選択に異存はないのか？
父上の約束のとおりで、良いのだな？

(Der Holländer schreitet wieder einen und zwei Schritte näher an Senta heran.)
Du könntest dich für ewig mir ergeben,
und deine Hand dem Fremdling reichtest du?
Soll finden ich, nach qualenvollem Leben,
in deiner Treu die lang ersehnte Ruh,
in deiner Treu, in deiner Treu die lang ersehnte Ruh.

(オランダ人はまた一、二歩進んでゼンタに近づく)
あなたがその身をとこしえに私に委ねてくれればと願い、
そして、この異国者に承諾のしるしの手を差し伸べてくれるだろうか？
苦しみに満ちた人生の果てに私は見出して良かろうか、
あなたの誠の内に永く望んできた安らぎを。
あなたの誠の内に、あなたの誠の内に永く望んできた安らぎを。

SENTA ゼンタ	Wer du auch seist, und welches das Verderben, dem grausam dich dein Schicksal konnte weihn, was auch das Los, das ich mir sollt' erwerben, gehorsam werd ich stets dem Vater sein.

たとえあなたが誰であろうと、また、あなたを
残酷な運命が陥れた処罰がどんなものであろうと、
私がこの身に引き寄せる宿命が何であろうと、
父上のお言葉にいつまでも素直に私は従いましょう。

HOLLÄNDER オランダ人	*(in großer Rührung)* So unbedingt, wie? konnte dich durchdringen für meine Leiden tiefstes Mitgefühl?

(大きく心を動かされて)
どうしてそれほど揺るぎないものであり得るのか、
私の苦しみに対してあなたの心を貫く深い同情の念が？

SENTA ゼンタ	*(für sich)* Oh, welche Leiden! könnt ich Trost dir bringen!

(自分に言い聞かすかたちで)
ああ、何と言う苦悩でしょう！ 慰めて上げられたら好いのに！

HOLLÄNDER オランダ人	*(Holländer hat Sentas Ausruf vernommen, in staunender Verwunderung erbebend.)* Welch holder Klang im nächtigen Gewühl! *(Hingerissen, seiner kaum mehr mächtig)* Du bist ein Engel, eines Engels Liebe Verworfne selbst zu trösten weiß! Ach, wenn Erlösung mir zu hoffen bliebe, Allewiger, durch Diese sei's!

（オランダ人はゼンタの叫びを聞いて驚きの念に身を震わせながら）

千々に乱れるわが心の闇に何と優しい声が響くことか！

（うっとりとして、ほとんど自制心を失い）

あなたはまさに天使だ、天使の愛ならば
呪われた者すら慰めることができるのだ！
ああ、私に救いが望めるのであれば、
神よ、この少女から、この少女から与えてください！

SENTA ゼンタ	Ach, wenn Erlösung ihm zu hoffen bliebe, Allewiger, durch mich nur sei's!

ああ、彼に救いが望めるならば、
神よ、それは私から与えさせてください！

(Er reißt sich heftig vom Boden auf.)

（オランダ人はすっくと身を伸ばし）

HOLLÄNDER オランダ人	Ach! könntest das Geschick du ahnen, dem dann mit mir du angehörst, dich würd es an das Opfer mahnen, das du mir bringst, wenn Treu' du schwörst!

だが、やがてあなたが私と共にする運命が、
どのようなものか、察しがつくだろうか、
あなたが誠を誓うとき、私に差し出す犠牲について
その運命そのものがあなたに注意を促すだろう！

Es flöhe schaudernd deine Jugend
dem Lose, dem du sie willst weihn, –
nennst du des Weibes schönste Tugend,
nennst ew'ge Treue du nicht dein,
nennst ew'ge Treue du nicht dein!
(Er sinkt wie vernichtet zusammen.)

若いあなたは恐れおののいて逃げ出すだろう、
あなたがその若さを捧げようとしている運命から、—
女性のもっとも美しい美徳である永遠の誠を
もしも、あなたが放棄するようなことになれば、
あなたが放棄するようなことになれば！

（彼は打ちのめされたようにくずおれる）

SENTA ゼンタ	*(über ihm stehend)* Wohl kenn ich Weibes heil'ge Pflichten; sei drum getrost, unsel'ger Mann! Laß über die das Schicksal richten, die seinem Spruche trotzen kann!	

（彼を見下ろして立ちながら）
　女の神聖な義務のことならば確かに承知しています；
　そのことならどうかご安心ください、不幸な方！
　運命の命令に敢えて逆らうような女なら
　運命の裁きに任せればいいのです！

In meines Herzens höchster Reine
kenn ich der Treue Hochgebot. –
Wem ich sie weih', schenk ich die eine,
die Treue bis zum Tod.
(Der Holländer richtet sich in feierlicher Rührung und Erhebung hoch auf.)

　こよなく清らかな、この心の奥底に
　私は女の誠の高い掟を知っています。—
　この心を捧げる人に私は、ただ一つのもの、
　死に至るまでの誠を贈ります。

（オランダ人は厳かな感銘と高揚を感じてすっくと立つ）

HOLLÄNDER オランダ人	*(mit Erhebung)* Ein heil'ger Balsam meinen Wunden dem Schwur, dem hohen Wort entfließt. Hört es, mein Heil, mein Heil hab ich gefunden, Mächte, ihr Mächte, die ihr zurück mich stießt!	

（高揚して）
　この気高い言葉の誓いが聖なる香油となって
　私の傷口に注がれるのだ。
　聞くがいい、私は救いを、救いを見出したのだ、
　私をつき落した悪魔たちよ！

Hört es, ihr Mächte, hört es, ihr Mächte, die ihr zurück mich stießt!
Hört es: mein Heil, mein Heil hab ich gefunden,
Mächte, die ihr zurück mich stießt,
ihr Mächte, die ihr zurück mich stießt!

　聞くがいい、悪魔たちよ、私をつき落した悪魔たちよ！
　聞くがいい、私は救いを、救いを見出したのだ、
　私をつき落した悪魔たちよ、
　なんじら、私をつき落した悪魔たちよ！

第 2 幕

Du Stern des Unheils, sollst erblassen!
Licht meiner Hoffnung, leuchte neu!
Ihr Engel, die mich einst verlassen,
stärkt jetzt dies Herz in seiner Treu!

災いの星よ、光を消してしまえ！
わが希望の光よ、あらたに輝け！
いちど、私を捨てた天使たちよ、
この胸に宿る誠を揺るぎないものにせよ！

Ihr Engel, die mich einst verlassen,
stärkt jetzt dies Herz in seiner Treu!
Ihr Engel, die mich einst verlassen,
stärkt jetzt dies Herz in seiner Treu,
stärkt jetzt dies Herz in seiner Treu!

いちど、私を捨てた天使たちよ、
この胸に宿る誠を揺るぎないものにせよ！
いちど、私を捨てた天使たちよ、
この胸に宿る誠を揺るぎないものにせよ、
この胸に宿る誠を揺るぎないものにせよ！

SENTA
ゼンタ

Von mächt'gem Zauber überwunden,
reißt mich's zu seiner Rettung fort.
Hier habe Heimat er gefunden!
Hier ruh sein Schiff in sichrem Port!
Hier ruh sein Schiff, hier ruh sein Schiff in sichrem Port!
Hier ruh sein Schiff in sichrem Port!

不思議な力に圧倒されるまま、
彼を救うために私はつき進む。
ここにこそ、彼は故郷を見出し、
ここにこそ、彼の船は安全な港に安らうといい！
ここにこそ、彼の船は安全な港に安らうといい、安らうといい！！
ここにこそ、彼の船は安全な港に安らうといい！

Was ist's, das mächtig in mir lebet, das mächtig in mir lebet?
Was schließt berauscht mein Busen ein?
was schließt mein Busen ein?
Allmächt'ger, was so hoch mich erhebet,
laß es die Kraft der Treue sein!
Allmächtiger! Allmächtiger! was so hoch mich erhebet,
laß es die Kraft der Treue sein,
laß es die Kraft der Treue sein!

私の胸の内に力強く動くもの、それは何かしら？
感激に酔い痴れてこの胸が抱きしめるもの、それは何？
この胸が抱きしめるもの、それは何？
神よ、私をさらに高めるもの、
それこそ誠の力であらせてください！
神よ、神よ！私をさらに高めるもの、
それこそ誠の力であらせてください！

Terzett　三重唱

DALAND
ダーラント

(tritt wieder auf und bleibt in angemessener Entfernung stehen.)
Verzeiht! Mein Volk hält draußen sich nicht mehr;
nach jeder Rückkunft, wisset, gibt's ein Fest.
Verschönern möcht ich's, komme deshalb her,
ob mit Verlobung sich's vereinen läßt?

（入ってきて、適当に離れて立っている）
済まんな、邪魔をして！　だが村の衆が外で待ちかねている；
船が戻ってくるたびに祭をやるのが、習わしだ。
祭に花を添えるために、わしは来たのだ、
婚約の披露で祭を飾ってはどうかな？

(zum Holländer)
Ich denk, Ihr habt nach Herzenswunsch gefreit?
(zu Senta)
Senta, mein Kind! Sag, bist auch du bereit?

（オランダ人に）
思うさま、求婚の胸のうちを述べたと思うが？
（ゼンタに）
ゼンタ、娘よ、覚悟はできたか？

SENTA ゼンタ	*(mit feierlicher Entschlossenheit)* Hier meine Hand, und ohne Reu bis in den Tod gelob ich Treu, bis in den Tod, – bis in den Tod– gelob ich Treu!	

（厳かな決意をこめて）
どうか、この私の手をお取りください、
死に至る愛を誓っても悔いはありません、
死に至る、―死に至る愛を誓っても―悔いはありません！

HOLLÄNDER オランダ人	Sie reicht die Hand, Gesprochen sei Hohn, Hölle, dir, Hohn, Hölle, dir durch ihre Treu'! Sie reicht die Hand, gesprochen sei Hohn, Hölle, dir durch ihre Treu'! gesprochen sei Hohn dir, Hölle, dir durch ihre Treu! Gesprochen sei Hohn dir, Hohn, durch ihre Treu, – durch ihre Treu!

彼女が承諾の手を差し伸べてくれるのだ、
悪魔の宿る地獄よ、彼女の誠によって嘲笑われるがいい！
彼女が承諾の手を差し伸べてくれるのだ、
悪魔の宿る地獄よ、彼女の誠によって嘲笑われるがいい！
嘲笑われるがいい、悪魔の宿る地獄よ、彼女の誠によって！
嘲笑われるがいい、彼女の誠によって−彼女の誠によって！

DALAND ダーラント	Euch soll dies Bündnis nicht gereu'n, es soll Euch nicht gereu'n, es soll Euch nicht gereu'n! Zum Fest, zum Fest! Heut soll sich alles freu'n, heut soll sich alles freu'n! Euch soll das Bündnis nicht gereu'n! Zum Fest! Heut soll sich alles freu'n, heut soll sich alles freu'n heut soll sich alles freu'n, – heut soll sich alles. alles freu'n! *(Sie gehen ab, der Vorhang fällt.)*

こうして契ったことを二人は後悔しないように、
二人は後悔しないように、二人は後悔しないように！
さあ、祭に行って、今日は皆に大喜びしてもらおう、
今日は皆に大喜びしてもらおう！
契ったことを二人は後悔しないように！ さあ、祭へ行こう！
今日は皆に大喜びしてもらおう、今日は皆に大喜びしてもらおう、
今日は皆に大喜びしてもらおう、−今日は皆に、皆に大喜びしてもらおう！

（三人が出て行くと、幕が降りる）

第3幕
Dritter Aufzug

Dritter Aufzug 第3幕

Introduktion 序奏

No.7 Szene und Chor 第7番 情景と合唱

Erste Szene 第1場

(Seebucht mit felsigem Gestade: das Haus Daland's zur Seite im Vordergrunde. Den Hintergrund nehmen, ziemlich nahe bei einander liegend, die beiden Schiffe, das des Norwegers und das des Holländers ein. Helle Nacht: das norwegische Schiff ist erleuchtet; die Matrosen desselben sind auf dem Verdeck: Jubel und Freude. Die Haltung des holländischen Schiffes bietet einen unheimlichen Kontrast: eine unnatürliche Finsternis ist über dasselbe ausgebreitet; es herrscht Totenstille auf ihm.)

(岩の多い浜辺のある入り江：ダーラント船長の館が前景の脇にある。背景には、ダーラントのノルウェー船とオランダ人の船とがごく近寄って停泊している。白夜：ノルウェー船には明かりがともされ、水夫たちは甲板で陽気に騒いでいる。それに引きかえ、オランダ船の様子は不気味なコントラストをなし、不自然な暗闇がその上に広がり、死んだような静けさが支配している。）

MATROSEN DES NORWEGERS
ノルウェー船の水夫たち

(auf ihrem Schiff)
Steuermann, laß die Wacht!
Komm, laß die Wacht!
Steuermann, her zu uns!
Komm her zu uns!
Ho! – He! –Je! – Ha!
Hißt die Segel auf! Anker fest!
Steuermann, her!

舵取りさん、当直はやめろ！
こっちへ来い、当直はやめろ！
舵取りさん、こっちへ来い！
こっちへ来い！
ホー！ ― ヘー！ ― イェー！ ― ハー！
帆はたたんで！錨はしっかり打って！
舵取りさん、こっちへ！

Fürchten weder Wind noch bösen Strand,
wollen heute mal recht lustig sein!
Jeder hat sein Mädel auf dem Land,
herrlichen Tabak und guten Branntewein!
Hussassahe!

風だって、危険な岸だって怖くはないぞ、
思う存分、今日は楽しくやろう！
めいめい、陸には女の子がいる、
すばらしい煙草と上等のブランディーがある！
フッササヘー！

Klipp' und Sturm draus.
Jolohohe!
lachen wir aus!
Hussassahe!
Segel ein! Anker fest!
Klipp' und Sturm lachen wir aus! –

沖の岩礁や嵐だって怖くはないぞ。
ヨロホッヘー！
笑い飛ばしてやれ！
フッササヘー！
帆はたたんで！ 錨はしっかり打って！
岩礁や嵐だって笑い飛ばしてやれ！

Steuermann, laß die Wacht!
Komm, laß die Wacht!
Steuermann, her zu uns!
Komm her zu uns!
Ho! – He! –Je! – Ha!
Steuermann,her! trink' mit aus!
Ho! – He! –Je! – Ha!

舵取りさん、当直はやめろ！
こっちへ来い、当直はやめろ！
舵取りさん、こっちへ来い！
こっちへ来い！
ホー！ーヘー！ーイェー！ーハー！
舵取りさん、こっちだ！一緒に飲もう！
ホー！ーヘー！ーイェー！ーハー！

> Klipp' und Sturm, he! sind vorbei he!
> Hussahe! Hallohe! Hussahe1 Steuerman!
> Ho! –Her, komm und trink mit uns!
>
> 岩礁や嵐だって、へー！ うまくかわしたぜ、へー！
> フッサヘー！ ハッロヘー！ フッサヘー！ 舵取りさん！
> ホーオーオーオー！ ― こっちへ来い、一緒に飲もう！

(Sie tanzen auf dem Verdeck, indem sie den Niederschlag jeden Taktes mit starkem Aufstampfen der Füße begleiten.)
(Die Mädchen kommen aus dem Hause, sie tragen Körben mitl Speisen und Getränken.)

（水夫たちは甲板の上で、強拍のたび、足を踏み鳴らして踊る）
（娘たちがダーラントの館から食べ物や飲み物を籠いっぱいかかえて出てくる）

MÄDCHEN / 娘たち

> Mein! Seht doch an! Sie tanzen gar!
> Der Mädchen bedarf's da nicht, fürwahr!
> *(Sie gehen auf das holländische Schiff zu.)*
>
> おやまー、見てごらん！ 自分勝手に踊ってなんかいて！
> きっと、女の子なんか要らないのよ！
> （彼女たちはオランダ船の方へ行く）

MATROSEN DES NORWEGERS / 水夫たち

> He! Mädel! Halt! Wo geht ihr hin?
>
> おおい！ 娘たち！ 待てよ！ どこへ行くんだ？

MÄDCHEN / 娘たち

> Steht euch nach frischem Wein der Sinn?
> Eu'r Nachbar dort soll auch was haben!
> Ist Trank und Speis für euch allein?
>
> 汲みたてのワインに気がそそられるでしょう？
> お隣の船の人にも分けて上げなくちゃいけないわ！
> 飲み物も食べ物も、あんたたちだけのものなの？

STEUERMANN / 舵取り

> Fürwahr! Tragt's hin den armen Knaben,
> vor Durst, vor Durst sie scheinen matt zu sein.
>
> その通りだぜ！ 可哀そうな奴らに持っていってやれよ、
> どうやら喉が、喉が渇いて、死にそうらしいぜ。

MATROSEN / 水夫たち

> Man hört sie nicht.
>
> 何の物音も立てないぞ。

STEUERMANN / 舵取り

> Ei seht doch nur!
> Kein Licht, von der Mannschaft keine Spur!
>
> おい！ 見るがいい！
> 明かりもないし、水夫たちのいる気配がしない！

MÄDCHEN 娘たち	*(dicht am Ufer in das holländische Schiff hineinrufend)* He! Seeleut'! He! Wollt Fackeln ihr? – Wo seid ihr doch? Man sieht nicht hier!	

（水際ちかく寄って、オランダ船に呼びかける）
おおい、船乗りさんたち！ ねえ！ 松明はいらないの？──
一体、どこに隠れてるの？ 何も見えないわ！

MATROSEN 水夫たち	*(lachend)* Hahaha! Weckt sie nicht auf! Sie schlafen noch.	

（笑って）
ハハハー！
奴らを起こすなよ！ まだ眠っているんだからな。

MÄDCHEN 娘たち	He! Seeleut'! He! Antwortet doch! *(Große Stille)*	

ねえ！ 船乗りさんたち！ ねえ！ 返事しなさいってば！
（深い静寂）

MATROSEN 水夫たち	Haha! *(spöttisch, mit affektierter Traurigkeit)* Wahrhaftig! Sie sind tot; sie haben Speis und Trank nicht not!	

ハハー！
（からかい半分に心配してみせて）
本当だ！ 奴らは死んでいる、
食べ物も飲み物も要らないんだ！

MÄDCHEN 娘たち	*(in das holländische Schiff hineinrufend)* Ei Seeleute, liegt ihr so faul schon im Nest? Ist heute für euch denn nicht auch ein Fest?	

（オランダ船に呼びかける）
ねえ、船乗りさんたち、もうだらしなく寝床に入ってるの？
今夜はあなたたちもお祭りじゃないの？

MATROSEN 水夫たち	*(wie vorher)* Sie liegen fest auf ihrem Platz, wie Drachen hüten sie den Schatz.	

（前と同じに）
奴らは持ち場をはなれないんだ、
宝をまもる竜のように。

MÄDCHEN 娘たち		He, Seeleute! Wollt ihr nicht frischen Wein? Ihr müsset wahrlich doch durstig auch sein!
		ねえ、船乗りさんたち、汲みたてのワインに気がそそられるでしょう？ あなたたちだってきっと喉が渇いているでしょうに！
MATROSEN 水夫たち		Sie trinken nicht, sie singen nicht; in ihrem Schiffe brennt kein Licht.
		奴らは飲みはしない、歌いはしない； あの船には明かりもついていない。
MÄDCHEN 娘たち		Sagt, habt ihr denn nicht auch ein Schätzchen am Land? Wollt ihr nicht mit tanzen auf freundlichem Strand?
		ねえ、あなたたち、陸には女の子がいないの？ 楽しい浜辺で一緒に踊りたくないの？
MATROSEN 水夫たち		Sie sind schon alt und bleich statt rot, und ihre Liebsten, die sind tot.
		奴らはもう老いぼれて血の気もないのさ、 奴らの恋人もとっくに死んでいる。
MÄDCHEN 娘たち		*(immer stärker und ängstlicher rufend)* He! Seeleut! Seeleut! wacht doch auf! Wir bringen euch Speis und Trank zu Hauf! Seeleut! Seeleut! wacht doch auf, wacht doch auf! Seeleut! Seeleut! Wacht doch auf!
		（ますます不安の度をまして激しく呼びかける） ねえ、船乗りさんたち！ 起きなさい！ 食べ物と飲み物をどっさりもって来たのよ！ 船乗りさんたち！ 船乗りさんたち！ 起きなさい！ 起きなさい！ 船乗りさんたち！ 起きなさい！
MATROSEN 水夫たち		He! – Seeleut! Seeleut! Wacht doch auf, wacht doch auf! Seeleut! Seeleut! Wacht doch auf! *(Langes Stillschweigen)*
		おおい！ ― 船乗りたち！ 船乗りたち！ 起きろよ！ 起きろよ！ 船乗りたち！ 起きろよ！
		（長い沈黙）

MÄDCHEN 娘たち	*(betroffen und furchtsam)* Wahrhaftig, ja! sie scheinen tot! Sie haben Speis und Trank nicht not.	

（驚き、怯えて）
本当だわ、そうよ！ 死んでるらしいわ！
食べ物も飲み物も要らないのよ。

MATROSEN 水夫たち	*(mit steigender Ausgelassenheit)* Vom fliegenden Holländer wißt ihr ja, sein Schiff, wie es leibt, wie es lebt, seht ihr da!	

（ますます有頂天になって）
「さまよえるオランダ人」のことは知っているだろう、
彼の船にそっくりなのが、そこに見えているんだ！

MÄDCHEN 娘たち	So weckt die Mannschaft ja nicht auf, Gespenster sind's, wir schwören drauf!	

それじゃあ、船乗りたちを絶対に起こしちゃだめよ、
彼らは幽霊なんだから、間違いないわ！

MATROSEN 水夫たち	Wie viel hundert Jahre schon seid ihr zur See? Euch tut ja der Sturm und die Klippe nicht weh!	

何百年。おまえたちは海にいた？
嵐も岩礁もこわくはあるまい！

MÄDCHEN 娘たち	Sie trinken nicht, sie singen nicht, in ihrem Schiffe brennt kein Licht.	

彼らは飲みはしない、歌いはしない；
あの船には明かりもついていない。

MATROSEN 水夫たち	Habt ihr keine Brief, keine Aufträg für's Land? Unsern Urgroßvätern wir stellen's zur Hand!	

陸に届けたい手紙も、用事もないのかい？
おれたちの曽祖父さんたちに届けてやるぜ！

MÄDCHEN 娘たち	Sie sind schon alt und bleich statt rot, und ihre Liebsten, ach! sind tot!	

彼らはもう老いぼれて血の気もないのよ、
彼らの恋人も、ああ！ 死んでいるのよ！

MATROSEN 水夫たち	*(lärmend)* Hei! Seeleute, spannt eure Segel doch auf und zeigt uns des fliegenden Holländers Lauf!	

（騒がしく）
おおい、船乗りたち、帆をはれよ、
「さまよえるオランダ人」の走りっぷりを見せてくれよ！

MÄDCHEN 娘たち	*(entfernen sich furchtsam aus der Nähe des holländischen Schiffes.)* Sie hören nicht, uns graust es hier! Sie wollen nichts, was rufen wir?	

（怖くなってオランダ船の近くから遠ざかりながら）
彼らは聞いてもいないのよ、ぞっとするわ！
彼らは何も望まない、なぜ、私たち、呼びかけたりするの？

MATROSEN 水夫たち	Ihr Mädel, laßt die Toten ruhn! Laßt uns Lebend'gen gütlich tun!	

娘さんたち、死んだ奴らはそっとしておけ！
それより、生きてるおれたちに愛想よくしてくれよ！

MÄDCHEN 娘たち	*(den Matrosen ihre Körbe über Bord reichend)* So nehmt, der Nachbar hat's verschmäht.	

（水夫たちに持ってきた籠を船べり越しに渡して）
ならば、受け取って。隣の船は受け取らないのだから。

STEUERMANN 舵取り	Wie? kommt ihr denn nicht selbst an Bord?	

どうしたんだ？ 甲板に上がって来ないのか？

MATROSEN 水夫たち	Wie? kommt ihr denn nicht selbst an Bord?	

どうしたんだ？ 甲板に上がって来ないのか？

MÄDCHEN 娘たち	Ei, jetzt noch nicht, es ist ja nicht spät. Wir kommen bald, jetzt trinkt nur fort! Und, wenn ihr wollt, so tanzt dazu, nur gönnt dem müden Nachbar Ruh, nur gönnt dem müden Nachbar Ruh, laßt ihm Ruh, laßt ihm Ruh, laßt ihm Ruh! – *(Sie gehen ab.)*	

ええ、今はだめ、まだ遅くなってもいないし。
すぐに戻ってくるわ、お酒を続けなさいよ！
それに、元気があるなら、踊っていてもいいし、
ただ、疲れているお隣さんは休ませてあげて、
ただ、疲れているお隣さんは休ませてあげて、
休ませてあげて、休ませてあげて、休ませてあげて！―

（娘たちは退場）

MATROSEN 水夫たち	*(öffnen und leeren die Körbe)* Juchhe! – da gibt's die Fülle! Lieb Nachbar, habe Dank!	

（籠を開けて中身を取り出して）
ひゃー、これはたくさんだ！
お隣さん、有難うよ！

STEUERMANN 舵取り	Zum Rand sein Glas ein Jeder fülle! Lieb Nachbar liefert uns den Trank! –	

めいめい、グラスになみなみ注ぐがいい！
お隣さんが酒を恵んでくれたのだ！—

MATROSEN 水夫たち	Halloho! Hallohohoho! – Hallohohohoho! Lieb Nachbarn, habt ihr Stimm und Sprach, so wachet auf und macht's uns nach! – *(Von hier an beginnt es sich auf dem holländischen Schiffe zu regen.)*	

ハロホー！　ハロホホホー！　— ハロホホホホー！
お隣さん、口がきけるもんなら、
目を覚ましておれたちの真似をするがいい！—

（この時、オランダ船の上では何やら動きが始まる）

(lachend)
Wachet auf, wachet auf! Auf, macht's uns nach!
(sie trinken aus und stampfen die Becher heftig auf.)
Hussa! –

（笑いながら）
起きろ、起きろ！起きておれたちを真似しろ！

（飲み干したグラスを打ち合わせる）
ばんざい！—

Steuermann, lass' die Wacht!
Steuermann, her zu uns!
Ho,–he, –je, –ha!
hißt die Segel auf! Anker fest!
Steuermann, her!

舵取りさん、当直はやめろ！
舵取りさん、こっちへ来い！
ホー、—ヘー、—イェー、—ハー！
帆はたたんで！錨はしっかり打って！
舵取りさん、こっちへ来い！

> Wachten manche Nacht in Sturm und Graus,
> tranken oft des Meer's gesalznes Naß:
> heute wachen wir bei Saus und Schmaus,
> besseres Getränk gibt Mädel uns vom Faß!

幾夜も眠らず恐ろしい嵐の中でおれたちは
幾度か海の塩からいしぶきを飲んできたんだ：
今夜は眠らず、お祭り騒ぎの大宴会だ、
もっとましな樽からの飲み物だって娘がくれた！

> Hussassahe! Klipp und Sturm drauß,
> Jollolohe! Lachen wir aus!
> Hussasahe! Segel ein! Anker fest!
> Klipp und Sturm lachen wir aus!

フッササヘー！ 沖の岩礁や嵐だって怖くはないぞ。
ヨロロッヘー！ 笑い飛ばしてやれ！
フッササヘー！ 帆はたたんで！ 錨はしっかり打って！
岩礁や嵐だって笑い飛ばしてやれ！

> Steuermann, lass' die Wacht!
> Steuermann, her zu uns!
> Ho!–He! –He! –Ha!
> Steuermann her! Trink mit uns!
> Ho! He! Je! Ha!
> Klipp und Sturm, ha! sind vorbei! He!
> Hussahe! Hallohe! Hussahe! Steuermann!
> Ho! He! Je! Ha!
> Her, komm und trink mit uns!

舵取りさん、当直はやめろ！
舵取りさん、こっちへ来い！
ホー！ーヘー！ーヘー！ーハー！
舵取りさん、来いよ！ 一緒に飲もう！
ホー！ーヘー！ イェー！ ハー！
岩礁と嵐は、ハー！ うまくかわしたぜ！ ヘー！
フッサヘー！ ハッロヘー！ フッサヘー！ 舵取りさん！
ホー！ ヘー！ イェー！ ハー！
こっちへ来い、一緒に飲もう！

(Das Meer, welches sonst überall ruhig bleibt, hat sich im Umkreis des holländischen Schiffes zu heben begonnen; eine dunkelbläuliche Flamme lodert in diesem als Wachtfeuer auf. Sturmwind pfeift durch die Taue; die Mannschaft, von der man zuvor nichts sah, hat sich beim Leuchten der Flamme belebt.)

（それまで、どこも穏やかだった海がオランダ船のまわりで高まり始める；暗青色の炎がかがり火となって船の中に燃え上がる；嵐が吹き起って帆綱を鳴らす；それまで姿も形も見えなかった水夫たちが炎の輝きとともに活気づく）

DIE MANNSCHAFT DES HOLLÄNDERS オランダ人の船の水夫たち	Johohoe! Johohohoe! Hojohohoe! Hoe! Hoe! Hoe! Hoe! Hoe! Hoe! Hoe! Huih – ßa! Nach dem Land treibt der Sturm! Hui – ßa! Segel ein! Anker los! Huih – ßa! in die Bucht laufet ein! In die Bucht laufet ein! –

ヨホーホエー！　ヨホーホーホエー！　ホヨーホホエー！

ホエー！　ホエー！　ホエー！　ホエー！　ホエー！　ホエー！　ホエー！

フイー ― サッ！

嵐に乗って陸へと向かう！

フイー ― サッ！

帆はたたんで！錨は下ろせ！

フイー ― サッ！

入り江へ入れ！

入り江へ入れ！

Schwarzer Hauptmann, geh ans Land,
sieben Jahre sind vorbei!
Frei' um blonden Mädchens Hand,
blondes Mädchen, sei ihm treu!

黒い船長よ、陸に上がれ、

七年がたったぞ！

ブロンドの娘に求婚しろ、

ブロンドの娘よ、彼を裏切るな！

Lustig heut', hui!
Bräutigam! Hui!
Sturmwind heult Brautmusik, Ozean tanzt dazu!

今日は愉快だ、フイー！

花婿どのよ！　フイー！

嵐が婚礼の音楽を叫び、海がそれに合わせ踊る！

Hui! – Horch, er pfeift! –
Kapitän, bist wieder da? –

フイー！　―聞け、船長の笛だ！―

船長よ、戻ってきたのか？―

Hui! – Segel auf! –

フイー！　―帆を張れ！

> Deine Braut, sag', wo sie blieb? –

あなたの花嫁はどこに行った？

> Hui! – Auf, in See! –

フイー！ — 出帆だ、沖へ向かえ！—

> Kapitän! Kapitän! hast kein Glück in der Lieb'!
> Hahaha!
> Sause, Sturmwind, heule zu,
> unsern Segeln läßt du Ruh'!
> Satan hat sie uns gefeit,
> reißen nicht in Ewigkeit,
> Hohoe!! Hoe! nicht in Ewigkeit!

船長、船長！ 求婚は失敗だったな！
ハハハッ！
わめけ、嵐よ、吼えつのれ！
この船の帆なら心配は要らぬ！
サタンが魔法をかけた帆だもの、
世の終りまで裂けはしない、
ホーホエー！！ ホエー！ 世の終りまで！

(Die norwegischen Matrosen haben erst mit Verwunderung, dann mit Entsetzen zugehört und zugesehen.)
(Während des Gesanges der Holländer wird ihr Schiff von den Wogen auf- und abgetragen; furchtbarer Sturmwind heult und pfeift durch die nackten Taue. Die Luft und das Meer bleiben übrigens, außer in der nächsten Umgebung des holländischen Schiffes, ruhig wie zuvor.)

（ノルウェー船の水夫たちは初めは訝しがりながら見聞きしていたが、次いで恐ろしさがこみ上げてくる）
（オランダ船の水夫たちが歌うあいだ、その船は大波に上下に揺すぶられ、恐ろしい風がむき出しの帆綱に吼える。しかし、オランダ船の近くの他は、空も海も相変わらず静かである）

DIE NORWEGISCHEN MATROSEN
ノルウェー船の水夫たち

> Welcher Sang? Ist es Spuk? Ist es Spuk? Welcher Sang?
> Ist es Spuk? Wie mich's graut! Wie mich's graut! Ist es Spuk?
> Stimmet an! Unser Lied! Singet laut!

何という歌だ？ 妖怪か？ 妖怪か？ 何という歌だ？
妖怪か？ ぞっとするぞ！ ぞっとするぞ！ 妖怪か？
声を合わせて始めよう！ おれたちの歌を！ 大声で！

> Steuermann, laß die Wacht! /Komm, laß die Wacht!
> Steuermann, her zu uns!./Komm her zu uns!

舵取りさん、当直はやめろ！／こっちへ来い、当直はやめろ！
舵取りさん、こっちへ来い！／こっちへ来い！

DIE MANNSCHAFT DES HOLLÄNDERS オランダ人の船の水夫たち	Hui – ßa! Johohoe! Johohoe!
	フイー ― サッ！　ヨホホエー！　ヨホホエー！
	Hui – ßa! Johohoe! – Johohoe! Hui – ßa! Johohoe! – Johohoe! Joho! – Johohe! Johohehoe!
	フイー ― サッ！　ヨホホエー！　ヨホホエー！ フイー ―サッ！　ヨホホエー！　ヨホホエー！　ヨホー！ ヨホヘー！　ヨホーヘホエー！
DIE NORWEGISCHEN MATROSEN ノルウェー船の水夫たち	Ho! He! Je! Ha! Singet laut! Singet laut! Singet laut! Steuermann, laß die Wacht! Steuermann! Ho! He! Je! Ha!
	ホー！　ヘー！　イェー！　ハー！ 大声で歌え！　大声で歌え！　大声で歌え！ 舵取りさん、当直はやめろ！　舵取りさん！ ホー！　ヘー！　イェー！　ハー！
	Steuermann, her zu uns! Singet laut! Singet lauter! Fürchten weder Wind noch bösen Strand! Singet laut! Lauter! Steuermann, laß die Wacht!
	舵取りさん、こっちへ来い！ 大声で歌え！　もっと大声で歌え！ 風だって、危険な岸だって怖くはないぞ、 大声で歌え！　もっと大声で！ 舵取りさん、当直はやめろ！

(Der Gesang der Mannschaft des Holländer's wird in einzelnen Strophen immer stärker wiederholt; die Norweger suchen ihn mit ihrem Liede zu übertäuben; nach vergeblichen Versuchen bringt sie das Tosen des Meeres, das Sausen, Heulen und Pfeifen des unnatürlichen Sturmes, sowie der immer wilder werdende Gesang der Holländer zum Schweigen.)

(オランダ船の水夫たちの歌声は繰り返されながら一節ごとに強くなる。ノルウェー船の水夫たちはそれを自分たちの歌で圧倒しようと躍起になるが、空しい試みを重ねた後、海の轟音、超自然の嵐のざわめきと咆哮、そしてますます荒々しくなるオランダ船水夫の歌声が彼らを沈黙させる。)

DIE MANNSCHAFT DES HOLLÄNDERS オランダ人の 船の水夫たち	Sause, Sturmwind, heule zu, unsern Segeln läßt du Ruh! Sause, Sturmwind, heule zu, unsern Segeln läßt du Ruh!

わめけ、嵐よ、吼えつのれ、
この船の帆なら心配は要らぬ！
わめけ、嵐よ、吼えつのれ、
この船の帆なら心配は要らぬ！

> Satan hat sie selbst gefeit,
> reißen nicht in Ewigkeit,
> reißen nicht in Ewigkeit!

サタンが魔法をかけた帆だもの、
世の終りまで裂けはしない、
世の終りまで裂けはしない！

> Johoe!Johoe! Johohe! Johohohoe!
> Hui ßa! Huißa! Hui ßa!/
> /Ho! He! Joho! Ho! He! Joho! Ho! Hoho!
> Johoe!
> *(lachend)*
> Hahahahahaha!

ヨホエー！ ヨホエー！ ヨホーヘー！ ヨホーホホエー！
フイー―サッ！ フイー―サッ！ フイー―サッ！
／ホー！ ヘー！ ヨホー！ ホー！ ヘー！ ― ヨホー！ ホー！ ホーホー！ ホー！
ヨホエー！
（笑って）
ハ！ ハ！ ハ！ ハ！ ハ！ ハ！

(Die norwegischen Matrosen, durch den Sturm und das Toben des immer wilder gewordenen Spukes zum Schweigen gebracht, verlassen von Grausen übermannt ihr Verdeck, indem sie das Zeichen des Kreuzes schlagen; die Mannschaft des Holländers, als sie dies gewahrt, schlägt ein gellendes Hohngelächter auf,– sogleich herrscht auf ihrem Schiffe wieder die frühere Totenstille,– dichte Finsternis ist wieder über dasselbe ausgebreitet; Luft und Meer sind ruhig, wie zuvor.)

（ノルウェー船の水夫たちが嵐とますます荒々しくなる妖怪の凶暴さに沈黙させられ、戦慄に圧倒されて、十字を切りながら甲板から去ってゆく。これに気づいたオランダ船の水夫たちはけたたましい嘲りの笑い声を上げる、―それと同時にオランダ船の上に以前の死の静けさが支配する、―濃い闇が再びその上に広がり；空も海も前と同じように静かになる。）

No.8 Finale 第8番 フィナーレ
Zweite Szene 第2場
Duett 二重唱

(Senta kommt bewegten Schrittes aus dem Hause; ihr folgt Erik in der höchsten Aufregung.)

(ゼンタがあわただしい足取りでダーラント船長の館から出てくる；ひどく興奮したエーリクがそのあとを追いかける)

ERIK
エーリク

Was mußt ich hören, Gott, was mußt ich sehen!
Ist's Täuschung? Wahrheit? Ist es Tat?

何ということをおれは耳にしたのか？ おい、何というものを見たか？
これは嘘か、まことか？ 事実なのか？

SENTA
ゼンタ

O frage nicht! Antwort darf ich nicht geben!

ああ、訊ねないで！ 答えてはいけないことなっているの！

ERIK
エーリク

Gerechter Gott! Kein Zweifel, es ist wahr!
Welch unheilvolle Macht riß dich dahin?
Welche Gewalt verführte dich,
welche Gewalt verführte dich so schnell,
grausam zu brechen dieses treuste Herz!

何と！ 疑いはない！ 真実だ！
何という不吉な力がおまえを攫っていったのか？
何という魔力がお前を誘惑し、
何という魔力がこれほど速くお前を誘惑し、
このおれの誠実な心を残忍に打ち砕いたのか！

Dein Vater, ha! den Bräut'gam bracht er mit,
wohl kenn ich ihn, mir ahnte, was geschieht!
Doch du ...... ist's möglich! – reichest deine Hand
dem Mann, der deine Schwelle kaum betrat!

おまえの父だ、やあ、あの花婿を連れてきたのは、
男の正体は分かっている、何が起こるか、予感はあった！
だが、おまえ…… あり得ることか！ …… おまえは承諾するのだ
おまえの家の敷居をまたいだばかりの男の求婚に！

SENTA
ゼンタ

(in heftigem inneren Kampfe)
Nicht weiter! Schweig'! Ich muß, ich muß!

(内心の激しい葛藤)
それ以上言わないで！ 黙って！ 行かねばならない、行かねば！

ERIK エーリク		Oh des Gehorsams, blind wie deine Tat! Den Wink des Vaters nanntest du willkommen, mit einem Stoß vernichtest du mein Herz!

ああ、何という従順さ、おまえのすることは滅茶苦茶だ！
父親の合図をおまえは喜んで受け入れた、
そして、おれの心に一突きでとどめを刺した！

SENTA ゼンタ		Nicht mehr! Nicht mehr! Ich darf dich nicht mehr sehn, nicht an dich denken: hohe Pflicht gebeut's!

これ以上！　これ以上！　あなたに会ってはならないの、
あなたのことを思ってもいけない：崇高な義務がそう命じている！

ERIK エーリク		Welch hohe Pflicht? Ist's höh're nicht, zu halten, was du mir einst gelobtest, ewige Treue?

どんな崇高な義務だ？　もっと高い義務ではないのか、
かつて誓ってくれた永遠の誠を守ることが？

SENTA ゼンタ	*(heftig erschrocken)* Wie? Ew'ge Treue hätt ich dir gelobt?	

（激しく驚愕して）
何ですって？　私が永遠の誠を誓ったですって？

ERIK エーリク	*(schmerlich)* Senta! Oh, Senta, leugnest du?	

（悲痛に）
ゼンタ！　ああ、ゼンタ、おまえはそれを否定するのか？

Kavatine　カヴァティーナ

Willst jenes Tags du nicht dich mehr entsinnen,
als du zu zir mich riefest in das Tal?
Als, dir des Hochlands Blume zu gewinnen,
mutvoll ich trug Beschwerden ohne Zahl?

おまえは最早　思いしたくないのか、
おれを谷間に呼び出した、あの日のことを？
高根の花を摘んでやろうと勇気をふるって
数々の苦労をおれが重ねたときのことを？

Gedenkst du, wie auf steilem Felsenriffe
vom Ufer wir den Vater scheiden sahn?
Er zog dahin auf weiß-beschwingtem Schiffe,
und meinem Schutz vertraute er dich an,
ja, meinem Schutz vertraute er dich an,
meinem Schutz vertraute er dich an.

覚えているか、おまえの父上が岸辺を離れるのを
険しい岩山の上からおれたちが見送ったことを？
父上は白い翼を広げた船に乗って去り、
おまえをおれの保護に委ねて行った。
おまえをおれの保護に委ねて行った。
おまえをおれの保護に委ねて行った。

Als sich dein Arm um meinen Nacken schlang,
gestandest du mir Liebe nicht aufs neu?
Was bei der Hände Druck mich hehr durchdrang,
sag, war's nicht die Versicher'ung deiner Treu,
sag, war es nicht, war's nicht die Versicher'ung deiner Treu?
Was bei der Hände Druck mich so hehr durchdrang,
sag, war es nicht die Versicher'ung, die Versicher'ung deiner Treu?

お前の腕がおれのうなじにまつわったあのとき、
おまえはおれに更めて愛を告白しなかったか？
両手を握り合ったとき、おれの胸を走った貴いおののき、
それはおまえの愛の誓いだったからではないのか、
おまえの愛の誓い、おまえの愛の誓いだったからではないのか？
両手を握り合ったとき、おれの胸を走った貴いおののき、
それはおまえの愛の誓い、愛の誓いだったからではないのか？

(Der Holländer hat ungesehen den Auftritt belauscht; in furchtbarer Aufregung bricht er jetzt hervor.)

（物陰からそのやり取りに耳をそばだてていたオランダ人が恐ろしい興奮に駆られて飛び出して来る）

HOLLÄNDER オランダ人	Verloren! Ach! Verloren! Ewig verlornes Heil!
	おしまいだ！ おしまいだ！ 救いは永遠に失われた！
ERIK エーリク	*(entsetzt zurücktretend)* Was seh ich! Gott!
	（驚いて後ずさりする） 何ということだ！ いったい！
HOLLÄNDER オランダ人	Senta, leb wohl!
	ゼンタ、ではさようなら！

SENTA
ゼンタ

(sich dem Holländer in den Weg werfend)
Halt ein! Unsel'ger!

(行こうとするオランダ人の道をふさいで)
お待ちなさい！ 不幸せな人！

ERIK
エーリク

(zu Senta)
Was beginnst du?

(ゼンタに)
何を始めようとする？

HOLLÄNDER
オランダ人

In See! In See! In See – für ew'ge Zeiten!
(zu Senta)
Um deine Treue ist's getan, –
um deine Treue, um mein Heil!
Leb wohl! Ich will dich nicht verderben!

海へ戻るのだ！ 海へ！— 永遠に海へ！
(ゼンタに)
おまえの誠は失われた！ —
おまえの誠と、私の救いも失われた！
さようなら！ 私はおまえを破滅させたくない！

ERIK
エーリク

Entsetzlich! dieser Blick!

何と恐ろしい光景だ！

SENTA
ゼンタ

(wie vorher)
Halt ein!
Von dannen sollst du nimmer fliehn!

(前と同じに)
お待ちなさい！
ここから逃げてはなりません！

HOLLÄNDER
オランダ人

(gibt seiner Mannschaft ein gellendes Zeichen auf einer Schiffspfeife und ruft der Mannschaft seines Schiffes zu:)
Segel auf! Anker los!
Sagt Lebewohl für Ewigkeit dem Lande!

(けたたましく笛を吹いて水夫たちに呼びかける)
帆を張れ、錨を揚げよ！
陸地に永遠の別れを告げよ！

Fort auf das Meer treibt's mich aufs neue!
fort auf das Meer treibt's mich aufs neue!

今また更めて海に出ねばならぬ！
今また更めて海に出ねばならぬ！

第3幕

> Ich zweifl' an dir, ich zweifl' an Gott!
> Ich zweifl' an dir, ich zweifl' an Gott!
> Dahin, dahin ist alle Treue,
> was du gelobtest, war dir Spott!
> Was du gelobt, war dir nur Spott, es war dir Spott!

私はおまえを疑っている、神を疑っている！
私はおまえを疑っている、神を疑っている！
失われたのだ、全ての誠は失われたのだ、
おまえの誓いは笑い種になった！
おまえの誓いは笑い種にしかならなかった、笑い種になった！

SENTA
ゼンタ

> Ha, zweifelst du an meiner Treue?
> Unsel'ger, was verblendet dich?
> Halt ein, halt ein, halt ein!
> Das Bündnis nicht bereue,
> was ich gelobte, halte ich!
> Halt ein, halt ein!

ああ、私の誠を疑うのですか？
不幸せな人、怒りに目が眩みましたか？
お待ちなさい、お待ちなさい、お待ちなさい！
結んだ契りを悔いてはなりません、
誓ったことを、私は守ります！
お待ちなさい、お待ちなさい！

ERIK
エーリク

> Was hör ich? Gott! Was muß ich sehen,
> muß ich dem Ohr, dem Auge trau'n?
> Was hör ich? Gott!
> Senta! willst du zu Grunde gehen?
> Zu mir, zu mir! Du bist in Satans Klau'n!
> Zu mir, zu mir! Du bist in Satans Klau'n!

何と言うことをおれは耳にするのだ？神よ、何ということを、
おれの耳は、目は確かか？
何と言うことをおれは耳にするのだ？ 神よ！
ゼンタ！ おまえは破滅したいのか？
おれの方へ、おれの方へ来い！ おまえはサタンの爪に掴まれている！
おれの方へ、おれの方へ来い！ おまえはサタンの爪に掴まれている！

HOLLÄNDER
オランダ人

Fort auf das Meer treibt's mich aufs neue!
Fort auf das Meer treibt's mich aufs neue!
Ich zweifl' an dir, ich zweifl' an dir,
ich zweifl' an Gott, ich zweifl' an dir, ich zweifl' an Gott!

今また更ためて海に出ねばならぬ！
今また更ためて海に出ねばならぬ！
私はおまえを、おまえを疑っている！
私は神を疑っている、おまえを疑っている、神を疑っている！

Dahin, dahin ist alle Treue!
Was du gelobtest, war dir Spott, es war dir Spott,
was du gelobtest, was du gelobtest, war dir Spott!
Dahin, dahin ist alle Treue!

失われたのだ、全ての誠は失われたのだ！
おまえの誓いは笑い種に、笑い種になった！
おまえの誓いは、おまえの誓いは笑い種になった！
失われたのだ、全ての誠は失われたのだ！

Was du gelobtest, war dir Spott,
was du gelobt, war dir Spott,
was du gelobet, war dir Spott!
Dahin, dahin! Ewig dahin!

おまえの誓いは笑い種になった、
おまえの誓いは笑い種になった、
おまえの誓いは笑い種になった！
失われたのだ、失われたのだ！ 永遠に失われたのだ！

| SENTA ゼンタ | Ha, zweifelst du an meiner Treue?
Unsel'ger, was verblendet dich?
Unsel'ger, Unsel'ger, was verblendet dich?
Halt ein, halt ein!
Das Bündnis nicht bereue,
was ich gelobte, halte ich!
Halt ein, halt ein!
Was ich gelobte, halte ich,
was ich gelobte, halte ich,
was ich gelobte, halte ich!
Halt ein, halt ein!
Was ich gelobte, halte ich,
Unsel'ger! Halt ein! |

ああ、私の誠を疑うのですか？

不幸せな人、怒りに目が眩みましたか？

不幸せな人、不幸せな人、怒りに目が眩みましたか？

お待ちなさい、お待ちなさい！

結んだ契りを悔いてはなりません、

誓ったことを、私は守ります！

お待ちなさい、お待ちなさい！

誓ったことを、私は守ります、

誓ったことを、私は守ります、

誓ったことを、私は守ります！

お待ちなさい、お待ちなさい！

誓ったことを、私は守ります、

不幸せな人、お待ちなさい！

ERIK エーリク		Was hör ich? Gott! Muß ich dem Ohr, dem Auge trau'n, muß ich dem Ohr, dem Auge trau'n, muß ich dem Ohr, dem Auge trau'n? O Gott! O Gott! Senta! Willst du zu Grunde gehen? Senta! Senta! Willst du zu Grunde gehn? Zu mir, zu mir! Senta, zu mir! Du bist in Satans Klau'n! Zu mir! Willst du zu Grunde gehn? Zu mir! Du bist in Satans Klau'n! Zu mir! Zu mir, zu mir! Du bist in Satans Klau'n! Willst du zu Grunde gehn? Du bist in Satans Klau'n!

何と言うことをおれは耳にするのだ？　神よ！

おれの耳は、目は確かか、

おれの耳は、目は確かか、

おれの耳は、目は確かか？

おお　神よ！　神よ！　ゼンタ！

おまえは破滅したいのか？

ゼンタ！　ゼンタ！　おまえは破滅したいのか？

こっちへ来い！　こっちへ、ゼンタ、こっちへ！

おまえはサタンの爪に掴まれている！

こっちへ来い！　おまえは破滅したいのか？

こっちへ来い！　おまえはサタンの爪に掴まれている！

こっちへ来い！　こっちへ来い、こっちへ来い！

おまえはサタンの爪に掴まれている！

おまえは破滅したいのか？

おまえはサタンの爪に掴まれている！

HOLLÄNDER オランダ人		Erfahre das Geschick, vor dem ich dich bewahr! –

よく聴いてくれ、おまえを引離してやろうと思う宿命についてだ！―

レシタティーヴォ		Verdammt bin ich zum gräßlichsten der Lose, zehnfacher Tod wär mir erwünschte Lust! Vom Fluch ein Weib allein kann mich erlösen, ein Weib, das Treu bis in den Tod mir hält.

私はこの上なく残酷な運命の呪いを受けている、
たとえ十回死んだとて、私にはそちらが望ましい！
この呪いから私を救うのは女だけにできること、
死に至るまでの誠を私に尽くす女だけが。

> Wohl– hast du Treue mir gelobt, doch– vor
> dem Ewigen noch nicht: – dies rettet dich!
> Denn wiss', Unsel'ge, welches das Geschick,
> das jene trifft, die mir die Treue brechen:

なるほど ── おまえは私に誠を誓ったが ──
まだ神の前では誓っていない ── これがおまえを救うのだ！
聴け、不幸せな女よ、それと言うのも
私への誠を破った女を待ち受ける運命とは

> Ew'ge Verdammnis ist ihr Los! –
> Zahllose Opfer fielen diesem Spruch
> durch mich... du– aber sollst gerettet sein!
> Leb wohl!
> *(zum Abgang gewandt)*
> Fahr' hin, mein Heil, in Ewigkeit!

永遠の破滅こそが　その定めなのだ！──
この定めに従って、無数の女が犠牲となった、
私のためだ……　だが、おまえは助けてやろう！
さようなら！
(去って行こうとして)
私の救いよ、永遠に去って行け！

ERIK
エーリク　*(in furchtbarer Angst nach dem Hause und dem Schiffe zu rufend)*
　　　　Zu Hülfe! Rettet, rettet sie!

(恐ろしい不安に駆られ、館と船に助けを求めて叫ぶ)
助けてくれ！　この女を救って、救ってくれ！

SENTA
ゼンタ

(den Holländer aufhaltend)
Wohl kenn ich dich, wohl kenn ich dein Geschick;
Ich kannte dich, als ich zuerst dich sah!
Das Ende deiner Qual ist da: Ich– bin's,
durch deren Treu dein Heil du finden sollst!

(オランダ人を押しとどめながら)
あなたのことは、あなたの運命はよく知っています：
最初、一目見たときから知っていました！
あなたの苦しみの終わる時が来たのです：この私の
誠によってあなたに救いをもたらします！

ERIK
エーリク

Helft ihr! Sie ist verloren!
(Auf Erik's Hülferuf sind Daland, Mary und die Mädchen aus dem Hause, die Matrosen von dem Schiffe herbeigeeilt.)

助けてくれ！ 彼女は破滅させられる！
(エーリクの悲鳴を聞きつけて館からダーラント、マリー、娘たちが、船からは水夫たちがかけつける)

DALAND, MARY, CHOR.
ダーラント、マリー、合唱

Was erblick' ich! Gott!

何というありさまか！ 神よ！

HOLLÄNDER
オランダ人

(zu Senta)
Du– kennst mich nicht, du ahnst– nicht wer ich bin!
(Er deutet auf sein Schiff, dessen blutrote Segel aufgespannt werden, und dessen Mannschaft in gespenstischer Regsamkeit die Abfahrt vorbereitet.)

(ゼンタに)
おまえは ― 私を知らないのだ、私が誰であるか ― 気づいていない！
(自分の船を指さすと、そこでは血のように赤い帆が張られて行き、水夫たちは幽霊の敏活さで出帆の準備をしている)

Befrag die Meere aller Zonen, befrag
den Seemann, der den Ozean durchstrich:
er kennt dies Schiff, das Schrecken aller Frommen,
den „fliegenden Holländer" nennt man mich.
(Der Holländer gelangt mit Blitzesschnelle an Bord seines Schiffes, welches augenblicklich die Küste verläßt und in See geht. Senta will dem Holländer nacheilen, Daland, Erik und Mary halten sie zurück.)

世界のあらゆる海に訊くがいい、
大海原を駆け巡った船乗りに訊くがいい：
彼ならこの私の船を知っている、敬虔な人々皆の恐怖の的のこの私を
人呼んで「さまよえるオランダ人」と言う。
(オランダ人は電光石火の早業で彼の船の甲板に飛び乗ると、船はたちまち岸を離れて沖へ向かう。ゼンタはオランダ人の後を追おうとし、ダーラント、エーリク、マリーが引き止める)

DIE MANNSCHAFT DES HOLLÄNDERS オランダ人の船の水夫たち	Johohoe! Johohohoe! Hojohohoe! Hoe! Hoe! Hoe! Hoe! Hoe! Hoe! Hoe! Hoe! Hoe! Huißa!
	ヨホーホエー！　ヨホーホホエー！　ホヨホホエー！ ホエー！　ホエー！　ホエー！　ホエー！　ホエー！ ホエー！　ホエー！　ホエー！　ホエー！　ホエー！　ホエー！　フイーサ！
DALAND, ERIK, MARY, CHOR. ダーラント、エーリク、マリー、合唱	Senta! Senta! – Was willst du thun?
	ゼンタ！　ゼンタ！ ―何をする積りだ？

(Senta hat sich mit wüthender Gewalt losgerissen und erreicht ein in das Meer vorstehendes Felsenriff; von da ruft sie mit aller Kraft dem absegelnden Holländer nach:)

（ゼンタは怒り狂って身を振りほどいて、海に突き出た絶壁上に辿りつき、そこから船で去って行こうとするオランダ人に力のかぎり呼びかける）

SENTA ゼンタ	Preis' deinen Engel und sein Gebot! – Hier steh ich, treu dir bis zum Tod!
	あなたの天使とその教えを讃えなさい！ ― ここに立った私が決死の誠をお見せします！

(Sie stürzt sich in das Meer, sogleich versinkt das Schiff des Holländers mit aller Mannschaft. Das Meer schwillt hoch auf und sinkt in einem Wirbel wieder zurück. Im Glührot der aufgehenden Sonne sieht man über den Trümmern des Schiffes die verklärten Gestalten. Sentas und des Holländers sich umschlungen haltend dem Meere entsteigen und aufwärtsschweben.)

（彼女は海に身を投げると、たちまち、オランダ人の船は乗組員たちもろとも沈む。海はいったん盛り上がってから渦を巻いて鎮まる。昇ってくる来る朝日の赤い光の中に、浄化された姿のゼンタとオランダ人が抱き合って船の残骸から海面を離れて天に昇ってゆくのが見える）

Der Vorhang fällt　幕が下りる

訳者あとがき

　この　『オランダ人』の成立には一匹の犬が関わっている、と書き始めると奇矯にひびくだろうか。その理由は後で述べるとして、1813年、当時のドイツのザクセン王国の自由都市ライプツィヒに生まれたワーグナーは、20歳で兄のひきで隣国バイエルンの地方都市ヴュルツブルクの市立歌劇場の、ほとんど無給の合唱指揮者の地位を手に入れ、そこから彼の、田舎楽長の経歴が始まる。夏の客演が縁でザクセン・アンハルト国のマクデブルクの劇場の指揮者の地位を得、ついでベルリンを中継点として、当時の東プロイセン州の中核都市ケーニヒスベルクの劇場の指揮者に就く。またマクデブルクの花形女優ミンナ・プラーナーとも結婚できて、前途が開けてきたと見えたが、ケーニヒスベルクの劇場が破産。次の任地として紹介されたのが、バルト三国の内のラトヴィアの首都リーガの市立劇場の音楽監督の席だった。

　バルト三国は政治的にはロシア皇帝の支配下にあったが、他方、この地域は10世紀のころからドイツのハンザ同盟の活躍の舞台であり、いわゆるバルト・ドイツ人が各地に住み着いて、ドイツ文化の影響力が大きかった。リーガも新聞、劇場など文化面ではその圏内にあった。1837年夏、ワーグナーはハンブルク近郊のトラーヴェミュンデから帆船でリーガへ向かう。凪に悩まされ、12日の延着となったが、これが海から遠いドイツ中部出身の彼の生まれて初めての海上の旅であった。この地域で最大の都市で「バルト海のパリ」とも呼ばれるリーガの劇場での仕事は当時の好みに合わせて、大方がイタリア、フランス物の歌劇の指揮で、これはそれまでの田舎楽長のそれと大差はなかったが、他方、彼は劇場のオーケストラにベートーヴェンの交響曲の連続演奏会などを開かせてもいる。ただ、ドイツ語文化圏の極北まで来てしまったという悲哀と、もっと大きな目標と取り組みたいという欲望が、ともすれば職務を怠らせる原因にもなった。彼はすでにイギリスのリットンの小説「ローマ最後の護民官リエンツィ」を読んで、これを当時流行のグランド・オペラに仕立てて、パリの檜舞台で上演しようという野望を抱き、この面での大御所であるマイヤベーアの知遇を得ようと努力もしていた。

　そのようなときに、ハインリヒ・ハイネの小説の断片「フォン・シュナーベレ

ヴォプスキー氏の回想から」をオペラ化する構想も浮かんだと推測される。ハイネの小説断片の5、6章で主人公はハンブルクから船でオランダに向かい、アムステルダムで劇場に入る。そこで演じられていたのは、「さまよえるオランダ人」の物語である。その幕切れでは女主人公カタリーナが岩の上から海に飛び込み、彼女の犠牲で、幽霊船の呪いが解けて、オランダ人と娘が抱き合って昇天してゆくところまで、人物の名に異同はあるが、ワーグナーの《さまよえるオランダ人》そっくりである。つまり、ワーグナーはハイネの小説の筋を土台に、3幕のロマン派オペラ《さまよえるオランダ人》の台本を書き上げたのであり、このことを後にハイネ自身に話して承諾を得ている。

ところで「さまよえるオランダ人」の伝説には、いわゆる「大航海時代」に、ヨーロッパからアフリカの南端を回って東洋への航路を開こうとした航海者たちの努力と苦心が背景にある。大西洋から喜望峰を回ってインド洋へ出て、1498年、インドのカリカットに最初に到着したのはポルトガル人のヴァスコ・ダ・ガマだった。彼の壮挙を皮切りに極東への航路は次第に伸びていった。しかし、そのような競争のなかで、いつになっても喜望峰を回ることのできなかったオランダ人船長ベルナルド・フォッケは、神と自然の力を呪って、たとえこの世の終わりまでかかろうともこの岬を回って見せると豪語したため、悪魔にその言質をとられて、最後の審判の日まで、幽霊船と化した彼の船とその船員たちとともに世界の海をさすらう宿命を担わされることになったという伝説が生まれた。彼の船自体も「さまよえるオランダ人」と呼ばれ、赤い帆と黒いマストの、この船に出会うと何か不吉なことが起こると、世の航海者たちの恐怖の的となっていたのである。

さて、リーガの劇場では陰でワーグナーの後任の人選などが進行しており、彼としてもリーガから足を洗わねばならぬと覚悟を決め、1839年7月、約50キロ南のミタウ(現・イェルガヴァ)で公演を行う機会に南方へ脱出して、はるかにパリを目指そうとした。そのためにはまず、リトアニアと東プロイセンの間の露独国境を越えなければならないが、ドイツ時代から多大の借財を抱えていた彼が公にドイツに戻れば、債権者が押しかけて大騒ぎになることは目に見えていた。従って越境は秘密裏に行う必要があった。

ところが新しい事態が発生して、ことの成否が危うくなった。ワーグナーがリーガに残してきた愛犬があとを慕って街道を走り、主人に追いついたのである。動物好きで幾多のエピソードを残している彼だが、ロッバーと名付けられた、この愛犬はニューファンドランド犬で、体重が70キロもあり、駅逓馬車の客席にいつも載せて運ぶわけにはいかず、かといって馬車のあとを追って走らせるのも不憫であった。しかしロッバーはこの犬種に相応しく賢明で大人しく振舞い、越境も成功したが、犬を連れてのパリまでの長い駅逓馬車の旅という問題が残った。

そこへ、ワーグナーを敬愛する地元の後援者が情報を漁り、ロッバーを載せて

無事にロンドンまで行ける船便を見つけてくれた。テーティスという名の最小級の帆船で乗員は船長のヴルフを含めて7名。ケーニヒスベルクの外港ピーラウから穀物などを積載してロンドンまで行くという。ワーグナー夫妻とロッパーは秘密の船客として同行を許され、船倉に身を隠した。バルト海からデンマーク半島を回ってイギリスに達する航海は海路が平穏であれば、10日あまりでこなせると見られていた。しかし、帆船の旅は全く風まかせで最初は多少凪に悩まされたあと、カテガト海をとおり、北海を前にして、名にし負うスカゲラックの荒海に出たとき、状況は一変した。

　激しい嵐にテーティスは翻弄され、海難の恐れがあり、船長はとあるノルウェーのフィヨルドに難を逃れることを決心した。この避難経験が《さまよえるオランダ人》の骨格をかえた。このオペラの冒頭の情景はまさにここに始まる。序曲は自然の猛威の見事な表現になっており、一例を挙げれば、ドイツ人とよく結びつけられる自然としての「森」と対照的な「海」の表象として4度上昇の繰り返しのあとに5度上昇が続く「オランダ人の動機」はのちの「ゼンタのバラード」や「幽霊船員の合唱」に姿を見せる。No.1の導入部は番号オペラの伝統どおり、主要人物の一人、ダーラントを紹介するが、その音楽的背景として水夫たちの交わす「ハロヘー」「ヤロホー」などの掛け声が聞こえる。これは帆の操作をはじめとする操船術の情報伝達の、乗員の間でのいわばモールス信号なのであり、当時の帆船の航海には不可欠であって、港町育ちのハイネにもこれについての言及がある。ただ、中部ドイツ人のワーグナーはむろんそのような事情を知る由もなかったが、これらの掛け声はきわめて印象的だったので基本動機の一つに採用した。彼は、いわゆる示導動機の技法を後年のように自由に使いこなせる段階にまだ達していなかったが、幸いな音楽的遭遇ではあった。

　さて、嵐が去って、ノルウェーのフィヨルドを出たテーティス号は無事、航海を続けてロンドンに到着し、ワーグナーは初めて文明の先端を誇示するイギリスの首都ロンドンを目の当たりにした。ドーヴァー海峡を越えたブローニュではマイヤベーアに会い、各方面への紹介状をもらう幸運もあった。ワーグナーはパリに滞在し、期待していた自作のパリ上演は不成功に終わったが、《オランダ人》と《リエンツィ》を仕上げ、後者のドレースデンでの上演が決まって、1842年春、帰国の途についた。《さまよえるオランダ人》の骨格を一変した、あの航海のもとを作ったロッパーは、いつともなく飼い主のもとを去ってパリの市中に行方知らずになったとされる。

　ワーグナーはのちに《オランダ人》以降の10の舞台作品を自分本来の様式にかなったものとして、例えばバイロイト音楽祭での上演もこれらに限られている。そして最初の3作《オランダ人》《タンホイザー》《ローエングリーン》をロマン派オペラと名付け、《ニーベルングの指環》4部作とそれに続く《トリスタン》《ニ

ュルンベルクのマイスタージンガー》《パルジファル》を楽劇（彼自身はこの呼称を好まなかったが）とした。これら10作は別の見方をすれば、古代に根をもつ祝祭劇で綜合芸術としての「ドラマ」なのであり、近代に発生し、作詞家の台本に作曲家が適当に音楽をつけた、ともすれば娯楽本位で薄命の「オペラ」と峻別されるべきものであった。ただ《さまよえるオランダ人》がそれ以降の作品のように「オペラ」的な境地を脱却しているかと言えば、まだ「オペラ」的な要素も、殊に形式面では残っていることは否めない。全3幕を通して、序曲の後に8つの「ナンバー」が並べられているという点ではまだ旧来の「番号オペラ」でもあったから、この対訳本では各部分の呼称でその構成を明示した。他方、内容的な面からみれば、のちの主要なテーマとなる「救済」などの問題が重要な役を演じており、《さまよえるオランダ人》には、いかにもワーグナーらしい言葉遣いとなるが、「過ぎ去ったもの」と「来たるべきもの」とが混在しているのである。

　さて、マイヤベーアの口利きもあって、久しぶりに戻ったドレースデンでは《リエンツィ》のほか、《オランダ人》も上演されたが、当時はやりの様式の前者が大成功を収めたのに対し、後者はその新しさと渋さで特に評判とはならなかった。しかし、ワーグナーはこの成功によりザクセン国の宮廷指揮者に任じられ、それまで苦労を共にしてきた妻を喜ばせた。《タンホイザー》《ローエングリーン》などのロマン派オペラが書かれるのもこの時期だが、1849年にフランスの「二月革命」の余波がドイツを襲うとワーグナーはバクーニンらの革命家の仲間に入り、ザクセン宮廷を去ってスイスに亡命した。

　以下、チューリヒでの亡命生活は平安をもたらしてくれたが、長続きはせず、大作《ニーベルングの指環》の創作にかかわりつつ流亡の歳月をおくり、ようやく1864年、即位したばかりの若きバイエルン国王ルートヴィヒ2世が彼を探し出して、パトロンとなって創作のためには不自由しない金銭的援助をおこなうと約束してくれたおかげで、バイロイト音楽祭をはじめ、ワーグナーの晩年の事業が大成することになった。北バイエルンの中部市バイロイトに居を移したワーグナーは、夏の楽季が終わると、家族列車を仕立てて、温かいイタリアへ向かうのが習慣となった。彼がヴェネツィアで客死するのは1883年2月のことである。

　なお、テーティスはギリシア神話の海神ネーレウスの娘で、海難救助の女神として航海者たちに崇拝されていた。ワーグナーの乗った小帆船には船首に彼女の像がつけられていたが、あの大嵐のためにもぎ取られてしまった。もっとも船員たちは彼女の犠牲によって沈没を免れたと信じていたようである。先年、《オランダ人》について話すよう北海道伊達市の噴火湾文化協会から招かれたとき、函館のとある公園で昼前の散歩をした。そこを出ようとして、ブロンズの少女像に出会った。そしてその台座に目を落とすと、なんと、そこには「テーティス」と刻んであった。

2015年10月　　　　　　　　　　　　　　　　　　　　　　　　　　　　高辻知義

訳者紹介

高辻知義（たかつじ・ともよし）

1937年東京生まれ。東京大学大学院人文科学研究科修了。東京大学大学院総合文化研究科表象文化論専攻主任を経て、現在、東京大学名誉教授。日本ショーペンハウアー協会会長。著書に『ワーグナー』、『ヨーロッパ・ロマン主義を読み直す』（共著）（以上、岩波書店）、訳書に、バドゥーラ＝スコダ『ベートーヴェン ピアノ・ソナタ』、テーリヒェン『あるベルリン・フィル楽員の警告』（共訳）、テーリヒェン『フルトヴェングラーかカラヤンか』、オペラ対訳ライブラリー『トリスタンとイゾルデ』『ニュルンベルクのマイスタージンガー』『ニーベルングの指環（上）（下）』『タンホイザー』『ローエングリン』『パルジファル』（以上、音楽之友社）など。

オペラ対訳ライブラリー
ワーグナー さまよえるオランダ人

2015年12月31日　第1刷発行
2022年6月30日　第2刷発行

訳　者　高辻知義
発行者　堀内久美雄
　　　　東京都新宿区神楽坂6-30
発行所　株式会社 音楽之友社
　　　　電話　03(3235)2111(代)
　　　　振替　00170-4-196250
　　　　郵便番号　162-8716
　　　　https://www.ongakunotomo.co.jp/
印刷　星野精版印刷
製本　ブロケード

Printed in Japan　　　　　　　　　　装丁　柳川貴代
乱丁・落丁本はお取替えいたします。
ISBN 978-4-276-35580-4 C1073

本書の全部または一部の無断複写・複製・転載は、著作権法上の例外を除き禁じられています。また、本書を代行業者などの第三者に依頼してコピー、スキャンやデジタル化をすることは、個人的な利用であっても著作権法違反となります。

Japanese translation ⓒ2015 by Tomoyoshi TAKATSUJI